COLLECTION FOLIO

Lao She

Le nouvel inspecteur

suivi de

Le croissant de lune

*Traduit du chinois par Paul Bady, Li Tche-houa,
Françoise Moreux, Alain Peyraube
et Martine Vallette-Hémery*

Gallimard

Ces nouvelles sont extraites du recueil *Gens de Pékin*
(Folio n° 2473)

Né en 1899 dans une famille mandchoue de la capitale, Lao She a été, dès son enfance, plongé dans une société en pleine évolution. Après avoir enseigné pendant une vingtaine d'années, notamment en Angleterre, l'écrivain, à la suite du succès remporté par son fameux *Pousse-pousse*, a pu se consacrer entièrement à son œuvre. Il écrit de nombreuses nouvelles reprises dans *Gens de Pékin*, dont sont extraits «Le nouvel inspecteur» et « Le croissant de lune ». À travers les personnages très divers que Lao She met en scène, c'est toute la vie pékinoise, à la fin de l'Empire et dans les premières années de la République, qui resurgit. Les prostituées y côtoient les amateurs d'opéra et les agents de police ; les bandits y font bon ménage avec les honnêtes gens, les simples artisans avec les petits commerçants. De ce monde, qui a aujourd'hui presque totalement disparu, Lao She a su retenir le meilleur : une vie où la tragédie n'exclut à aucun moment l'humour. Son grand roman écrit entre 1940 et 1942, *Quatre générations sous un même toit*, est une vaste fresque qui raconte l'histoire d'une famille à travers les péripéties de l'histoire chinoise. Les « conflits » qui sont au cœur de l'œuvre n'opposent pas seulement entre eux les divers membres de la famille, ils opposent aussi le groupe familial à la patrie, et Pékin au reste de la Chine.

Sous le régime communiste, il a été amené à composer

plusieurs pièces de théâtre, en particulier *La maison de thé.* « Suicidé » au début de la Révolution culturelle, il n'a pu achever le grand roman autobiographique qu'il avait entrepris, *L'enfant du Nouvel An*, mais cette œuvre posthume montre qu'il n'avait rien perdu de son talent de romancier.

Découvrez, lisez ou relisez les livres de Lao She :

GENS DE PÉKIN (Folio n° 2473)

QUATRE GÉNÉRATIONS SOUS UN MÊME TOIT (Folio nos 3119 et 3356)

LA CAGE ENTREBÂILLÉE (Folio n° 3746)

L'ENFANT DU NOUVEL AN (Folio n° 3858)

HISTOIRE DE MA VIE (Folio 2 € n° 3627)

LE NOUVEL INSPECTEUR [1]

1. Le titre original de la nouvelle est en chinois : *Shang ren* (« L'entrée en fonction »). *(Toutes les notes sont des traducteurs.)*

You Lao'er se rendait à son nouveau poste.

Dès qu'il vit le bureau où il allait travailler, il ralentit le pas. L'endroit n'était pas grand et il le connaissait déjà, car, dans la ville, il y avait peu d'endroits où il ne fût entré, qu'il s'agisse de bureaux, de tripots ou de fumeries d'opium. Il se souvenait même que, de cet endroit, en entrouvrant la porte, on pouvait voir la Montagne des Mille Bouddhas [1]. Au moment d'entrer en fonction, il n'était évidemment pas d'humeur à penser à cette montagne : il avait une mission à remplir et pas des moins délicates ! Toutefois, il ne laissait rien paraître de son inquiétude ; n'avait-il pas roulé sa bosse dans tous les coins du pays pendant des années, n'avait-il pas acquis une grande maîtrise de lui-même ? Il se mit à marcher encore plus lentement. C'était un bon gros, la quarantaine bien sonnée, le visage jaune et glabre, souligné

1. Lishan, également nommé la Montagne des Mille Bouddhas (*Qianfoshan*) s'élève au sud de la ville de Jinan, chef-lieu du Shandong.

d'épais sourcils. Vêtu d'une longue robe de serge grise, aux larges manches, il portait une paire de chaussons de satin noir à double bourrelet. Il marchait posément, sans un regard pour la montagne, mais il pensait qu'il aurait mieux fait d'arriver en voiture. En même temps, il se disait que ce n'était pas indispensable, ses futurs adjoints étaient tous des amis et tout le monde se connaissait, donc, pas besoin de leur en imposer. Et puis la mission qui lui avait été confiée exigeait une certaine discrétion. Non qu'il eût peur, car aussi bien sa tenue vestimentaire, en conformité avec son rang d'inspecteur, que sa façon de marcher indiquaient son assurance. Le port de l'uniforme ne lui était, du reste, pas nécessaire ; en songeant au revolver qu'il dissimulait au creux de sa ceinture, il se mit à rire intérieurement.

Le bureau ne se distinguait par aucune pancarte : comme pour You Lao'er, les armes se cachaient à l'intérieur. En fait, il n'y avait que deux pièces. Il vit par la porte ouverte quatre types assis sur des bancs, la tête baissée, en train de fumer, et aucun ne regardait la Montagne des Mille Bouddhas. Sur une table carrée appuyée contre le mur, il y avait des tasses à thé ; par terre était posée une bouilloire toute neuve, en fer-blanc, et tout autour le sol était jonché de mégots dont un fumait encore. Quand Lao'er les vit se lever, il se dit à nouveau qu'il aurait dû venir en voiture ; au fond, cette façon de prendre son poste manquait d'allure. Cela n'empêcha pas ses vieux amis de se lever comme il convenait. Ils avaient beau rigoler ensemble, leur familiarité n'était pas dénuée de respect. Ce n'était pas parce qu'il n'était pas arrivé en voiture qu'ils allaient le mépriser. Et puis, il faut bien dire qu'un inspecteur et ses subordonnés sont des gens qui travaillent dans l'ombre, moins ils attirent l'attention, mieux c'est. Cela, ils le savaient, bien entendu. Il se sentit plus à l'aise.

You Lao'er se tint un moment debout devant la table, souriant à tout le monde, puis il entra dans la pièce du fond. Dans celle-ci, il n'y avait qu'une table longue, deux chaises et un calendrier accroché au mur ; au-dessus du calendrier, il y avait une trace de sang de punaise. Le bureau était un peu trop vide, pensa You Lao'er, mais il ne parvint pas à trouver ce qu'il eût fallu ajouter... L'adjoint Zhao lui apporta une tasse de thé dans laquelle flottait une seule tige[1]. Mais les deux hommes n'avaient rien à se dire et You Lao'er s'essuya le front. Ah ! voilà, il manquait une cuvette pour se débarbouiller. Et il n'avait pas demandé à son adjoint d'en acheter une. Mais cela méritait réflexion : c'est lui qui avait entre les mains tout l'argent du bureau, cet argent devrait-il être dépensé au vu et au su de tous, ou bien devait-il garder tout pour lui ? Son propre salaire était de cent vingt *yuans* et la somme destinée aux dépenses du bureau de quatre-vingts *yuans.* Pour un métier aussi dangereux, quatre-vingts *yuans* de supplément, ce n'était

1. Présage de bon augure pour le nouvel inspecteur.

même pas beaucoup. Mais, après tout, les adjoints aussi risquaient leur peau. En plus, c'était de vieux amis. Pendant des années, n'avaient-ils pas mangé et bu ensemble, n'avaient-ils pas partagé le même *kang* dans les bordels de campagne ? Il ne pouvait pas se mettre tout dans la poche. L'adjoint Zhao sortit ; au fait, lorsque Lao Zhao était le chef, s'était-il approprié tout le fric ? You Lao'er rougit. De l'extérieur, l'adjoint jeta un regard. Ce vieux, bien que quinquagénaire, n'était plus que son adjoint, alors qu'il y a trois ans encore, il avait sous ses ordres cinquante fusils. Non, il ne devait pas empocher toute la somme. Mais alors, à quoi bon être le chef ? et comment répartir les quatre-vingts *yuans* ? Encore une fois, quand c'était eux les chefs, ça se passait dans la montagne [1]. Bien que You Lao'er ait été sans cesse en contact avec eux, il n'était jamais monté officiellement dans la montagne, voilà la différence. Eux, disons-le carrément, c'était des bandits ; lui, il était fonctionnaire. Et quand on est fonctionnaire, on doit se comporter en fonctionnaire. Puisqu'ils étaient revenus dans le droit chemin, les affaires officielles devaient être réglées comme telles et les quatre-vingts *yuans* de frais de bureau devaient lui revenir. Mais cela n'empêchait pas qu'il faudrait bien acheter une cuvette et aussi deux serviettes.

En dehors de ces emplettes, il lui sembla qu'il y avait encore quelque chose à faire. Par exemple,

1. Refuge traditionnel des hors-la-loi.

un inspecteur se doit de lire le journal et donne des directives à ses subordonnés. Il lui fallait donc un journal, qu'il le lise ou pas : l'important était de pouvoir le montrer. Pour ce qui était de donner des directives, il n'était pas sans expérience, ayant été adjudant puis commissaire aux douanes ; oui, il se devait de leur donner des instructions, pour bien marquer son entrée en fonction. Et puis, ses subordonnés avaient tous vécu dans les montagnes, ils avaient été soldats à l'occasion, comment pourrait-il susciter leur admiration s'il ne les gratifiait pas de quelques belles paroles ? Lao Zhao était sorti, Lao Liu n'arrêtait pas de tousser ; décidément, une petite harangue était nécessaire, ne serait-ce que pour les rappeler à la discipline. You Lao'er se racla la gorge et se leva, il aurait voulu s'essuyer le visage, mais il n'y avait encore ni cuvette ni serviettes. Il se rassit donc. Les haranguer, oui, mais pour leur dire quoi ? Ne s'était-il pas déjà fait comprendre lorsqu'il les avait engagés ? Il n'allait tout de même pas répéter à Lao Zhao, à Lao Liu, à Lao Wang et à Lao Chu ce qu'il leur avait dit : « You Lao'er a besoin de vous. Et je peux vous dire que tant que You Lao'er aura son bol de riz, aucun d'entre vous ne crèvera de faim, ne sommes-nous pas des frères ? » Il leur avait déjà tenu plusieurs fois ce langage, à quoi bon le reprendre à nouveau ? Quant à la besogne qui les attendait tous, il s'agissait d'attraper des bandits avec des bandits. Pour ça, un accord tacite suffisait, inutile de mettre les points sur les « i ». Il n'y a pas que l'estomac qui compte, il y a aussi la tête. Si on voulait vraiment que l'opération aboutisse, il faudrait bien sacrifier quelques amis du milieu et, dans ce cas, Lao Liu et les autres pourraient bien retourner leurs armes contre lui. Il était indispensable de garder un œil ouvert tout en fermant l'autre, car il n'était pas question d'en finir d'un seul coup : tout le monde se retrouverait un jour ou l'autre. Ce n'était pas des choses qu'on pouvait dire ouvertement. Dans ces conditions, comment faire la moindre harangue ? Il suffisait de regarder les yeux de Lao Liu pour savoir que, même après la mort, ils resteraient toujours ouverts. L'aide que ses adjoints lui apportaient montrait assez leur courage, on ne pouvait pas balayer d'un seul coup toutes les règles de la montagne. Le Commandant avait chargé You Lao'er d'arrêter les rebelles. Bien, mais si ceux-ci étaient ses amis ? Il n'ignorait pas qu'il aurait affaire à forte partie. Pas facile !

You Lao'er ôta sa robe de serge grise et sortit en regardant tout le monde avec un sourire.

« Chef ! » Les yeux de Lao Liu débordaient de mépris envers son supérieur. « Allez, on attend tes ordres ! »

You Lao'er hocha la tête. Il devait leur montrer de quoi il était capable. « Attendez que je fasse une liste et après on fera un rapport sur nos opérations au Commandant Li. Hier et avant-hier, ne vous ai-je pas déjà exposé la situation, les gars ? Nous sommes là pour aider le Commandant Li à mettre la main sur les rebelles[1]. Je vous ai confié que le Commandant m'avait convoqué pour me dire : "Comme je suis nouveau dans la région, j'ai pensé à toi, Lao'er, tu pourrais m'aider." J'aurais eu mauvaise grâce de refuser, nous sommes amis de longue date, le Commandant Li et moi. À force de réfléchir, j'ai trouvé une solution. Comment dire ? J'ai songé à vous, car si je connais bien le coin, vous, vous le connaissez à fond. Et j'ai pensé que si nous coopérions, tout irait comme sur des roulettes. "Commandant, lui ai-je dit alors, vous pouvez compter sur moi. Puisque vous me faites l'honneur de me donner du boulot, comment pourrais-je le refuser ?" Eh bien, les gars, sachez que si le Commandant Li ne peut rien sans You Lao'er, moi, je ne peux rien sans vous. La situation est donc bien claire. Je vais dresser une liste : un tel s'occupera d'un endroit, un tel d'un autre. Quand tout sera au point, j'enverrai mon rapport, ensuite, on passera à l'action. C'est ainsi qu'on traite les affaires officielles, n'est-ce pas ? » demanda You Lao'er en riant.

Lao Liu et les autres n'ouvrirent pas la bouche, Lao Chu cligna des yeux, mais aucun ne se sentit vraiment embarrassé. You Lao'er avait intérêt à ne rien ajouter, il ne lui restait donc qu'à dresser sa liste. En montrant sa dextérité au pinceau, il pensait que cela leur en boucherait un coin, à Lao Liu

1. *Fandongpai* : mot à mot : les « réactionnaires » sous le régime du Guomindang. Il s'agissait probablement d'éléments incontrôlés, peut-être même d'authentiques révolutionnaires.

et aux autres. Cette année-là, lorsque Lao Chu avait kidnappé le troisième fils de la noble famille Wang, n'était-ce pas lui, You Lao'er, qui avait écrit la lettre réclamant la rançon ? Oui, il devait montrer son talent de calligraphe. Mais où étaient donc l'encre et le pinceau ? Ah ! décidément, on ne tirerait rien de tels adjoints ! « Lao Zhao ! » You Lao'er pensa envoyer Lao Zhao acheter un pinceau, mais finalement il ne lui dit rien : pourquoi demanderait-il donc uniquement à Lao Zhao d'aller faire ses courses ? Dès qu'il est question d'argent et de charger quelqu'un de faire des achats, on n'est jamais assez circonspect. Et quand il s'agit d'une affaire officielle, on ne peut se permettre la moindre négligence ; on n'est pas sur la montagne. Les tâches devraient donc être équitablement réparties entre celui qui irait faire les courses et celui qui irait porter le courrier. Mais, ce n'était pas facile, car le premier pourrait se faire une ristourne alors que le second courrait pour rien. Or, à qui attribuer cette tâche ingrate ? « Oh ! non, rien, Lao Zhao ! » Attendons un peu pour acheter le pinceau, se dit-il. On verra plus tard. You Lao'er se sentait un peu mal à l'aise. Jamais il n'aurait imaginé que le travail d'inspecteur fût aussi assommant. Le poste n'était pas grassement payé, encore que, avec les quatre-vingts *yuans* de frais de bureau, son revenu serait moins maigre. Mais il ne pouvait s'attribuer toute la somme. Ses adjoints avaient déjà tous séjourné dans la montagne ; s'il se montrait trop avare, il craignait de se retrouver avec une balle dans la peau et ce n'est jamais très drôle. Quand un fonctionnaire a des bandits pour acolytes, il mène un jeu plutôt délicat. À se demander s'il s'agit toujours bien d'un fonctionnaire. Mais, sans bandits, rien ne pouvait marcher car You Lao'er était bien incapable d'arrêter, à lui tout seul, les rebelles. Autant pisser dans un violon ! You Lao'er caressa le revolver qu'il avait au creux de sa ceinture. « Frères ! avez-vous pris vos flingues ? »

Tous se contentèrent de hocher la tête.

« Flûte alors, seraient-ils devenus tous muets ? » se dit en lui-même le nouvel inspecteur. Qu'est-ce que cela pouvait bien signifier ? Était-ce par admiration pour lui ou bien par crainte ? Cette attitude ne lui paraissait pas amicale, vraiment pas amicale ; s'ils avaient quelque chose à dire, ils n'avaient qu'à parler. Ce Lao Liu, par exemple, était une véritable porte de prison ! You Lao'er se remit à rire. Pour un fonctionnaire, cela ne faisait pas très sérieux ; avec cette bande de types, le genre fonctionnaire avait peu de chances de marcher. Peut-être qu'une bonne engueulade leur ferait plaisir ? Il n'osait pas, car il n'était pas un vrai brigand. Il se savait assis entre deux chaises, à la fois regrettant de n'être pas lui-même un vrai bandit, mais se félicitant de leur être supérieur : n'importe qui n'est pas fonctionnaire. Il alluma une cigarette et chercha une idée pour amadouer cette bande de lascars ; sans lâcher tout l'argent des frais de bureau, le mieux était de leur payer un gueuleton.

« Allez, les gars, on se retrouve au Restaurant des Cinq Bonheurs ! » You Lao'er remit sa robe de serge grise. Le visage de Lao Zhao se fendit comme un potiron trop mûr. Une fissure apparut comme un sourire dans la gueule de pierre que Lao Liu avait mis cinquante ans à se façonner. Quant à Lao Wang et à Lao Chu, ils paraissaient tout simplement revenir à la vie. La bouche pleine de salive, tous se léchaient les babines en silence.

Une fois arrivés au Restaurant des Cinq Bonheurs, comme on était entre amis, on ne fit pas de façons, chacun commanda un plat dont il avait envie : c'était les plus coûteux de la carte. Et Lao Liu réclama même double portion. Au milieu du repas, les convives crurent le moment venu de parler. Le premier à prendre la parole fut naturellement Lao Liu, qui était le plus âgé. Sur ses joues de pierre s'étalaient déjà deux plaques rouges, mais il ne put ouvrir la bouche sans avoir au préalable bu encore une gorgée de vin, pris un morceau de jambon et tiré sur sa cigarette : « Inspecteur en chef ! » Il balaya l'assistance du regard. « L'opium, la prostitution clandestine, on a ça bien en main, mais ces prétendus "rebelles", il faut y aller doucement. Et savoir ce qu'on fait. Si c'est pour ne pas respecter la justice qui est la nôtre, ça ne vaut pas le coup. Surtout pour une somme globale aussi ridicule ! »

You Lao'er, que l'alcool rendait moins timoré, répliqua : « Non, ce n'est pas comme ça qu'il faut voir les choses, grand frère Liu. Si le Commandant Li nous a désignés, nous autres, c'est pour capturer les rebelles. Il y en a trop et, si nous ne nous pressons pas de mettre la main sur eux, nous ne pourrons plus compter sur le Commandant Li. Il sera dégommé et, alors, que deviendrons-nous ? »

Lao Zhao, qui répandait une haleine tout empestée de vin et de tabac, intervint : « Si on met la main sur eux et qu'on en liquide quelques-uns, il ne faut pas oublier que, si nous sommes armés, eux le sont aussi ! Et qui nous dit que nous mangerons toujours de ce pain-là ? » En disant ça, ce n'était pourtant pas la peur qui le faisait parler.

« Les peureux sont des mauviettes ! » Lao Chu trouva tout de suite le mot qui convenait.

« De sales mauviettes ! renchérit Lao Shao. Moi non plus je n'ai pas peur. Je veux bien aider le Commandant Li, mais la justice, c'est la justice ! Ce que tu viens de nous dire, You Lao'er, est raisonnable et je n'oublie pas les services que tu nous as rendus, mais si tes relations privées et publiques sont plus étendues que les nôtres, tu n'es jamais monté sur la montagne.

— Tu crois que je ne comprends pas ? ricana You Lao'er en regardant dans le vide.

— Personne n'oserait dire une chose pareille ! fit soudain remarquer Wang Xiaosi, qui avait la gueule en forme de calebasse.

— Dans ces conditions, les gars — You Lao'er voulut alors les intimider —, si vous me soutenez, vous êtes des amis ; sinon, ça m'est égal ! » Il ricana de nouveau, les yeux fixés au plafond.

« Inspecteur en chef ! » C'était encore Lao Liu qui prenait la parole, le salaud, qui avait toujours le regard courroucé. « On peut y aller pour de bon, mais dans ce cas, nous ne serons que des exécutants, le chef, ce sera toi ; toute la responsabilité retombera sur toi. Nous sommes entre amis, il ne doit pas y avoir d'équivoque. Si tu nous dis de les pincer, c'est facile, pour nous, aucun problème ! »

L'holothurie que You Lao'er venait de manger se glaça dans son estomac. C'était justement ce qu'il redoutait. Si ses adjoints réussissaient leur coup, il pourrait en revendiquer le mérite ; mais si les rebelles leur tiraient dessus, il serait aussi le premier visé.

D'un autre côté, il se disait : Il n'y a pas de raison d'avoir peur à l'avance, il verrait le moment venu comment les choses tourneraient. D'une part, l'idée de se faire tirer dessus n'avait rien d'agréable, mais, de l'autre, la perspective de la récompense le remplissait d'ardeur. You Lao'er avait suffisamment roulé sa bosse pour savoir que dans n'importe quelle affaire, c'est toujours celui qui frappe le premier qui a l'avantage. Autant donc y aller carrément. Il se disait aussi qu'à plus de quarante ans, ce qu'on ne fait pas pour soi-même, on le fait au moins pour ses enfants ! Des types tels que Lao Liu et les autres ne se soucient pas du lendemain ; après avoir passé toute une vie dans l'illégalité, ils n'auraient même pas une place au cimetière. Mais lui, You Lao'er, était un malin qui connaissait trop la combine pour se laisser arrêter par les objections d'un Lao Liu. À cette idée, il décida de passer à l'action. Il devait soutenir le Commandant Li. Et qui sait, au bout de quelques rafles réussies, il serait peut-être affecté au quartier général ; alors, entre autres avantages, il pourrait sortir en voiture. Il n'allait pas toute sa vie se rendre au bureau à pied.

Avec la soupe, en général, les estomacs et les humeurs s'adoucissent. Ainsi, lorsque arriva le potage aux trois délices, ils étaient tous beaucoup plus calmes. Bien que You Lao'er fût encore très résolu, ses paroles se firent beaucoup moins dures : « Après tout, les gars, qu'est-ce qui vous empêche de me soutenir ? Il suffit de trouver quelqu'un d'inoffensif et de le pincer ; tant pis pour lui, il faut bien que nous montrions un peu de quoi nous sommes capables. Entre nous, quand on a des flingues sur soi, la chasse aux putains clandestines ne rime pas à grand-chose. Voilà comment on va procéder : on s'en prend d'abord à un minable, avec lequel on ne courra aucun danger, et, une fois l'affaire réglée, on verra ; on se retrouvera ici, le jambon nature n'y est pas mauvais, n'est-ce pas ?

— On est déjà en automne ; après, on commandera plutôt un jambon à la sauce brune », dit Wang Xiaosi. Il parlait peu, mais parlait bien.

You Lao'er décida de garder Wang Xiaosi avec lui au bureau et envoya les autres faire des enquêtes ; après tout, il n'était pas nécessaire de dresser dès à présent une liste, il attendrait qu'ils reviennent pour faire son rapport. Au fait, il fallait acheter des pinceaux, un bâton et une pierre à encre, et aussi une cuvette. Il irait les acheter lui-même pour ne pas faire de jaloux. Il lui faudrait un secrétaire, mais il avait oublié d'en parler au Commandant Li. Provisoirement, il se chargerait lui-même de la besogne et ne réclamerait un secrétaire que lorsque la première affaire aurait marché. Il ne fallait pas trop bousculer les choses ; You Lao'er avait même son plan. Il avait entendu dire que le fils de son deuxième oncle savait écrire, il suffirait de lui donner un coup de piston, et ainsi, le moment venu, il pourrait l'engager comme secrétaire. Parfait ! Pour le premier jour d'une prise de fonctions, on ne pouvait pas dire qu'il s'en était mal tiré.

Sur le chemin du retour, il bavarda avec Wang Xiaosi, il oublia complètement les achats qu'il avait à faire. Le bureau n'avait pas vraiment l'air d'un bureau ; mais, au fond, ça n'était pas plus mal, car quand il s'agit d'écrire, on se fait souvent des idées, on croit pouvoir écrire tout d'une traite, et puis, sur le moment, ces diables de mots vous font défaut, il vous manque toujours juste celui dont vous avez besoin. Autant donc ne pas avoir de quoi écrire ! Ça ira tout aussi bien. Mais alors, comment s'occuper ? Il faudrait aller acheter un journal, ne serait-ce que pour regarder les images publicitaires. You Lao'er ne pouvait pas passer tout son temps à bavarder avec Wang Xiaosi ; ils étaient certes de vieux amis, mais comme maintenant l'un était le chef et l'autre son subordonné, il convenait de garder une certaine distance. Il ne lui restait rien à faire, il avait déjà stationné suffisamment longtemps sur le pas de la porte, bu assez de thé et il n'allait pas feuilleter une troisième fois son agenda. You Lao'er fit alors ses propres comptes et ceux-ci étaient assez prometteurs : cent vingt *yuans* de salaire, quatre-vingts de frais de bureau, même s'il ne mettait pas l'intégralité de ces derniers dans sa poche, il pouvait au moins compter sur cent cinquante par mois. Petit à petit, il pourrait s'acheter une petite maison. Dire que ce salaud de Shang Ergou a touché cent mille *yuans* pour une seule expédition avec Zhang Zongchang[1]. Des affaires comme ça, malheureusement, il n'y en a plus. Après tout, les rebelles, c'était eux. Mais tout le monde n'est pas comme Shang Ergou, à veiller jalousement sur son capital. Le fric vous fait souvent perdre la tête. You Lao'er se souvenait des vingt ou trente mille *yuans* qu'il s'était faits lui-même à la douane. Où étaient-ils passés ? Ce n'est pas étonnant qu'il y ait des rebelles : on a l'habitude de manger, de boire, de s'amuser sans compter, on ne peut vraiment plus supporter de manger des *wowotous* à nouveau tous les jours. En fait, tous, y compris, pour être franc, You Lao'er lui-même, n'attendaient qu'une chose : le retour du Haut-

1. Célèbre seigneur de la guerre sévissant au Shandong, dans les années vingt. On disait de lui qu'il ignorait trois choses : le nombre de ses épouses, le montant de sa fortune, et l'effectif de ses soldats.

Commissaire Zhang Zongchang, et c'était naturel ! En songeant à Ding Sanli, qui avait mis de côté, à lui tout seul, deux caisses de papier-monnaie à l'usage des militaires [1], il suffisait que Zhang revienne et qu'on ouvre les caisses pour que Lao Ding fasse fortune sur-le-champ. Arrêter les rebelles ? Il n'en était plus question, puisque tous étaient de vieux amis. Mais, en même temps, il était payé pour le faire, il fallait donc qu'il les arrête. Puisque rien n'annonçait le retour prochain du général Zhang, c'était à chacun de jouer pour son propre compte. Il en arrêterait quelques-uns et les ferait fusiller ! You Lao'er n'était jamais monté sur la montagne, ça faisait tout de même une certaine différence.

Il était déjà plus de quatre heures, Lao Liu et les autres n'étaient toujours pas de retour, les trois hommes étaient-ils vraiment allés enquêter sur place ou bien avaient-ils été simplement s'amuser ? You Lao'er se dit qu'il faudrait fixer des heures de bureau et qu'à quatre heures et demie, ils devraient être de retour pour faire leur rapport. Si jamais ils ne revenaient pas, l'administration aurait bonne mine ! C'était réellement emmerdant ; sans eux, il ne pouvait rien, et quand ils étaient là ils ne faisaient que l'encombrer. Il ne pouvait les attendre au-delà de cinq heures. Le bureau ouvrirait à huit heures du matin et fermerait à cinq

1. À l'époque, chaque seigneur de la guerre faisait imprimer sa propre monnaie, et celle-ci n'était utilisable que dans la région qu'il contrôlait en personne.

heures de l'après-midi ; les adjoints devraient être disponibles à tous moments, même au milieu de la nuit quand il s'agirait d'arrêter quelqu'un. Leur chef ne pouvait tout de même pas passer sa journée à les attendre. Sur ce point, il devait les avertir, mais le sujet était délicat à aborder. Se rappelant qu'il était leur chef, You Lao'er n'allait pas s'embarrasser de pareils scrupules. Il prévint immédiatement Wang Xiaosi. Celui-ci grogna, mais on ne savait pas très bien ce que ça signifiait.

« Cinq heures ! » You Lao'er jeta un coup d'œil sur la Montagne des Mille Bouddhas, le sommet était couronné de rayons d'or, mais sous la lumière dorée du soleil, l'herbe d'automne paraissait encore verte. « Lao Wang, surveille bien le bureau, et à demain huit heures ! »

Wang Xiaosi tint sa bouche en calebasse hermétiquement fermée.

Le lendemain matin, You Lao'er fit exprès d'être en retard d'une demi-heure. C'était une question de prestige. Car s'il était le seul arrivé à l'heure, il aurait été ridicule.

En fait, ses subordonnés étaient tous là, assis comme d'habitude sur des tabourets, en train de fumer, la tête baissée. À la vue de cette bande de charognes, You Lao'er en aurait bien empoigné un, rien que pour lui flanquer une raclée. Quand il entra, ils se levèrent, comme le jour précédent, mais si lentement qu'on aurait dit qu'ils avaient tous le pied malade. You Lao'er aurait dû les engueuler, mais ça le gênait, il se mit donc à rire.

Étant leur chef, il se devait d'être généreux et indulgent. Et pour un malin comme lui, une attitude indifférente et décontractée s'imposait.

« Alors, Lao Liu, on a du pain sur la planche ? » C'était si naturel, si gentil, si plein de sel ! You Lao'er se félicitait intérieurement de ses paroles.

« Oui, il y a de quoi faire ! répondit Lao Liu, qui avait toujours la gueule en porte de prison et le regard fixe, mais ce n'est pas fait.

— Comment cela ? fit You Lao'er en riant.

— C'est inutile ! Ils viendront d'eux-mêmes dans un instant.

— Oh ! » You Lao'er voulut encore rire, mais il n'y parvint pas. « Et vous ? » dit-il en s'adressant encore à Lao Zhao et Lao Chu. Les deux hochèrent la tête ensemble, de façon négative.

« On sort encore aujourd'hui ? demanda Lao Liu.

— Euh ! Attendez un moment ! » You Lao'er entra dans la pièce du fond. « Je vais réfléchir. » Il tourna la tête et jeta un coup d'œil, ils étaient de nouveau tous assis, les yeux fixés sur le bout de leur cigarette, ne soufflant mot. Quelle bande de charognes !

Une fois seul, You Lao'er s'assit à son tour, mais son cœur se mit à battre très fort. Allaient-ils vraiment venir d'eux-mêmes ? Il ne pouvait questionner en détail Lao Liu sans capituler et perdre la face devant ses propres adjoints. Mais qu'est-ce que cela signifiait, ils viendront tout seuls ? Comme il était impossible d'en discuter avec Lao Liu, il ne restait qu'à attendre. Fallait-il envoyer Lao Liu et les autres ? C'était une chose à décider. « Hé, Lao Chu, tu iras de ton côté, tu ouvriras bien les yeux, compris ? » Il s'attendait à ce que tout le monde éclatât de rire, appréciât son audace et son humour, mais personne ne rit. « Lao Liu, attends un peu pour partir. Ne viennent-ils pas me voir ? Nous leur tiendrons compagnie tous les deux. On sera entre vieux amis. » Ses ordres s'arrêtèrent là car il valait mieux que Lao Wang et Lao Zhao ne partent pas ; à plusieurs, on a plus de courage. Mais s'ils voulaient partir, il serait malséant de les en empêcher : dans un métier comme le leur, il faut jouer au plus fin. Il valait mieux attendre qu'ils posent la question et, alors, on en parlerait. Lao Wang et Lao Zhao ne soufflaient mot. Du reste, c'était tant mieux. « Combien vont-ils venir ? » À peine arrivés à sa bouche, les mots repartirent au fond de sa gorge. De toute façon, You Lao'er avait ici trois adjoints, ils étaient tous armés. S'il venait toute une bande, il n'y avait qu'à fermer les yeux. Et puis, merde, on verrait bien !

En attendant, il n'avait toujours pas son journal. Pour un fonctionnaire, c'était un comble ! Il ne pouvait supporter que les rôles soient inversés, que ce soit lui, l'inspecteur, qui attende les criminels. Il envisagea de téléphoner au quartier général pour qu'on lui envoie du renfort ; comme ça, au fur et à mesure de leur arrivée, ils pourraient les pincer, un à un, et tous les passer par les armes. Et puis, non, il se dit qu'il ne fallait pas s'emballer, mais agir selon les circonstances. Il était déjà neuf heures et demie. « Hé, Lao Liu, quand vont-ils venir ?

— Ils ne tarderont pas, chef ! » Ce salaud de Lao Liu faisait exprès de le regarder en rigolant.

« Le journal ! Dis au marchand de m'en apporter ! » You Lao'er devait absolument lire un journal.

Dans le canard du matin, You Lao'er chercha les nouvelles locales, il riait d'autant plus fort qu'il ne pouvait lire qu'à haute voix. Soudain, il buta sur un putain de caractère, le nom d'une serveuse, un drôle de nom qu'il ne connaissait pas. Lorsqu'il tomba dessus, sa voix s'affaiblit subitement.

« Chef ! Les voilà ! » Pour une fois, Lao Liu respectait les formes.

You Lao'er ne broncha pas, abandonnant la serveuse au nom impossible. Il n'éleva même pas la voix. « Entrez ! » dit-il en caressant son pistolet.

Ils entrèrent tous à la queue leu leu. En tête venait Yang le Balèze, suivi immédiatement de Beaux Sourcils, qui était lui aussi un malabar ; entre les deux, le Singe faisait minuscule. Puis venaient Ma Liu, Cao la Grande Gueule et Zhang Fei au Visage Pâle [1].

« You Lao'er ! » Ils le saluèrent tous.

Ne pouvant feindre de ne pas reconnaître la bande, l'inspecteur se leva, un sourire aux lèvres. Ils parlaient tous à la fois, cela fit un tel brouhaha

1. Zhang Fei : personnage historique du *Roman des Trois Royaumes*, célèbre, lui, pour son visage noir.

qu'ils avaient beau crier, personne ne savait même plus ce qu'ils voulaient dire.

« Yang le Balèze, parle au nom de tous ! Écoutons Yang le Balèze ! » Étant parvenus peu à peu à se mettre d'accord, ils s'exhortaient les uns les autres. « Écoutons ce que va dire Yang le Balèze ! »

Fronçant les sourcils, Yang le Balèze se pencha en avant, les mains appuyées sur la table et la bouche presque sous le nez de l'inspecteur. « You Lao'er, nous sommes venus te présenter nos félicitations.

— Tais-toi, dit Zhang Fei au Visage Pâle, en donnant au Singe un coup de poing dans le dos.

— Félicitations, mais qui dit félicitations dit aussi invitation. Normalement, c'est nous qui aurions dû t'inviter, mais ces temps-ci on n'a même plus ça ! dit Yang en formant un rond avec son pouce et son index. Par conséquent, c'est à toi de nous inviter.

— Voilà qui est juste, mes frères ! » L'inspecteur aurait voulu répondre. Mais Yang le Balèze ne lui en laissa pas le temps.

« You Lao'er ! Il est inutile de nous envoyer des cartons pour nous inviter au restaurant. Ce que nous voulons, c'est ça, et de nouveau il forma un rond avec le pouce et l'index. Tu nous donnes l'argent pour le voyage et c'est tout !

— L'argent pour le voyage ? demanda You Lao'er.

— Eh oui ! » Yang le Balèze hocha la tête d'un air faussement songeur. « Tu vois, You Lao'er, puisque tu as la haute main sur la région, nous autres, les copains, on ne peut plus faire notre boulot. Mais nous sommes des amis. Du fait que tu es là, nous foutons le camp. On ne peut pas laisser la zizanie s'installer entre nous. Toi, tu fais ton travail d'inspecteur et nous, nous regagnons la montagne. Les frais de transport, c'est ton affaire. On se sépare comme ça en bons termes. » Se retournant alors vers les autres, Yang le Balèze les consulta : « Êtes-vous tous d'accord ?

— Oui, tout à fait d'accord ! dit aussitôt le Singe. C'est maintenant à You Lao'er de nous répondre. »

Le nouvel inspecteur avait tout prévu sauf ça. Une solution aussi simple qui dépasse l'imagination, mais en même temps, très compliquée. Pour l'instant, ils n'étaient que six à réclamer les frais de voyage. Mais s'il en venait des dizaines, voire des centaines, et tous avec les mêmes exigences ? Encore une fois, l'ordre du Commandant Li était de les capturer ; s'il se contentait de les renvoyer bien gentiment l'un après l'autre avec l'argent pour le voyage, de quoi aurait-il l'air ? Et où prendrait-il l'argent ? En demander à son supérieur, il n'en était pas question. Il n'allait tout de même pas consacrer à cet usage tout son salaire et les frais de bureau ? En même temps, il se disait que ces types étaient après tout corrects, ils cherchaient à lui sauver la face. « Du fait que tu es là, nous foutons le camp. » La phrase est simple et directe, presque amicale. Mais pour que l'affaire soit aussi facile, encore fallait-il que quelqu'un accepte de casquer. Le sourire aux lèvres, il invita tout le monde à boire de l'eau. En refusant, il risquait de les offenser, il craignait que leurs propos jusqu'ici aimables ne se fissent redoutables. Il était sûr de leur parole, mais ils ne décamperaient pas sans avoir obtenu leur argent. Ses quatre-vingts *yuans* de frais de bureau ne pouvaient pas ne pas y passer. Il fallait encore qu'il fasse semblant de leur donner de son plein gré, car la moindre réticence de sa part les aurait vexés.

« Il vous faut combien, les amis ? demanda-t-il d'un air détaché.

— Dix *yuans* par personne, répondit Yang le Balèze, au nom de tous.

— C'est seulement l'argent pour le voyage ; une fois arrivés dans la montagne, on se débrouillera, ajouta le Singe.

— On s'en va cet après-midi. Parole d'amis ! » promit même Cao la Grande Gueule.

Mais You Lao'er ne pouvait pas donner cette somme sans hésiter. Dix *yuans* par personne, cela faisait soixante *yuans*, c'est-à-dire les trois quarts des frais de bureau.

« You Lao'er ! dit avec une certaine impatience Zhang Fei au Visage Pâle, tu n'as qu'à abouler le fric et on se dit au revoir. Comme ça, on ne se gênera pas mutuellement et le problème sera réglé. Tu nous donnes l'argent et on file. Pas la peine d'en dire plus : on se comprend ; entre braves gens, on ne tourne pas autour du pot. Frère

You, je n'ai pas l'habitude de tendre la main, mais cette fois, je t'en supplie.

— Puisque c'est comme ça, nous t'en supplions, nos amis et moi. On te remboursera plus tard. Entre frères, l'amitié est éternelle. » Yang le Balèze tendit lui-même la main et tous les autres suivirent, chacun s'exprimant à sa façon, mais le sens de leur demande était identique.

You Lao'er n'avait plus qu'à s'exécuter, il tira le portefeuille qui était caché dans sa large ceinture et compta six billets de dix *yuans.* « Voilà, frères », dit-il sans parvenir à sourire.

Yang le Balèze et les autres crièrent d'une seule voix : « Merci, frère ! » Le Singe plia les billets et les fourra dans sa poche. « Au revoir, les frères ! » Ils sortirent tous en faisant un signe de tête à Lao Liu et à ses collègues : « Quand est-ce qu'on se revoit sur la montagne ? » Lao Liu et les adjoints de l'inspecteur se mirent à rire et les accompagnèrent jusqu'à la porte.

You Lao'er se sentit tout désemparé. S'il l'avait su plus tôt, il aurait pu appeler du renfort pour mettre les six types sous les verrous. Mais peut-être valait-il mieux que l'affaire ait été réglée à l'amiable : ils se reverraient sûrement un jour. Ça lui avait coûté soixante *yuans.* Il craignait que le cas se renouvelant, son salaire lui-même n'y suffise plus. Pour un inspecteur en chef, quelle honte ! Se faire ainsi soutirer de l'argent par des « rebelles » ! La pilule était amère et il ne pouvait même pas s'en plaindre. Lao Liu était-il de bonne foi ou lui avait-il joué un sale tour ? Il fallait lui poser quelques questions. Car enfin, est-ce une façon d'exécuter un ordre que de faire venir les rebelles au bureau, au lieu de les coffrer ? Avec Lao Liu, il ne pouvait pas non plus se montrer trop sévère, car le bonhomme était capable de monter lui aussi sur la montagne. Se passer de ses services ? C'était également impossible : ce n'était pas le moment de se mettre à dos quelqu'un. S'il n'avait eu sous ses ordres que des débutants, au moment de prendre ses nouvelles fonctions, il n'aurait probablement pas tardé à se faire descendre. Soixante *yuans* pour sauver sa peau, tout compte fait, ça valait le coup. De toute façon, You Lao'er n'avait pas d'autre solution et il était inutile de revenir sur le passé. Il craignait seulement qu'une autre bande vienne le lendemain lui réclamer la même chose. Dans l'impossibilité d'aborder ce sujet avec ses adjoints, il se dit qu'il valait mieux en rire, rien que pour leur montrer qu'il n'était pas chiche envers ses amis : quand on lui demandait soixante, il en donnait soixante, et quand c'était cent, c'était cent. Mais, à ce compte-là, il risquait de n'avoir même plus rien à bouffer. Or, avait-on jamais vu un inspecteur vivre de l'air du temps ? Ça ne tenait pas debout !

You Lao'er reprit son journal ; il n'y trouvait plus rien d'intéressant. À l'idée que ses soixante *yuans* lui avaient si stupidement filé entre les doigts, il se sentait tout démoralisé. Il ne pouvait même pas tenir à sa peau sans avoir honte de lui-même, comme si, sa putain de vie ne lui appartenant pas, il devait l'acheter. Après tout, comment ne pas admirer des types comme le Singe ? Eux, au moins, ils osaient carrément demander leur fric à l'inspecteur. Et ils n'avaient même pas peur de se faire arrêter sur-le-champ. Qu'ils n'aient pas la moindre peur était tout de même étrange. Lui, en revanche, avait perdu la face. Non seulement il ne les avait pas arrêtés, mais il n'avait même pas osé opposer la moindre résistance : il s'était purement et simplement dégonflé. Il se dit que la prochaine fois il ne serait pas aussi mou. Si c'était pour se dégonfler, à quoi bon devenir inspecteur ? Le rôle d'inspecteur consiste à arrêter les gens, un point, c'est tout. Décidément, cette serveuse avait un drôle de nom ! Sur ce, Lao Chu revint.

L'inspecteur s'attendait à ce qu'il vienne faire son rapport ; ce n'était tout de même pas à lui d'interroger son adjoint. Comme l'autre s'était mis à bavarder avec Lao Zhao, il se demanda si son subordonné viendrait ou non le voir. Avec ces bandits, on ne raisonne pas.

Lao Chu finalement entra et dit : « You... Chef, voici mon rapport ! Au nord de la ville se cache une bande de cop... euh pardon, de tru... de trublions. Faut-il qu'on aille les voir ?

— Où ça ? » You Lao'er n'avait plus rien à craindre ; soixante *yuans* avaient déjà été soutirés ; après cela, il était prêt à jouer le tout pour le tout : un vétéran comme lui serait allé n'importe où.

« Au bord du lac. » Lao Chu connaissait l'endroit.

« On prend des armes et on y va ! » Cette fois-ci, You Lao'er était décidé à ne pas y aller de mainmorte. Il tenait à les cueillir au nid. Et s'ils comptaient sur lui pour lui réclamer de l'argent, ils pourraient toujours courir !

« Rien que nous deux ? » Lao Chu avait vraiment un ton provocant.

« Qu'est-ce que tu me chantes là ? Si tu me dis où ça se trouve, je peux y aller tout seul. » You Lao'er était prêt à risquer sa vie, rien que pour qu'on sache le prix exact d'un inspecteur en chef. C'était bien beau ! Il ne pouvait pas, du reste, continuer à allonger comme ça les frais de voyage sans débusquer le moindre criminel. Face au Commandant Li, il aurait belle figure. Et puis, il touchait cent vingt *yuans* de salaire !

Lao Chu ne broncha pas, il avala son bol de thé, comme s'il se préparait à partir. You Lao'er sortit alors sans se soucier de lui. Mais lorsqu'il vit que l'autre le suivait, il se sentit de meilleure humeur et aussitôt le courage lui revint. À vrai dire, il valait mieux être deux que rester tout seul : en cas de pépin, on pouvait au moins se concerter.

Au bord du lac, il y avait une si minuscule ruelle qu'on n'aurait jamais imaginé qu'elle pût contenir une petite auberge. You Lao'er, qui connaissait pourtant très bien le quartier, en ignorait l'existence. Mais il suffisait de la regarder, elle avait tout à fait l'air d'un repaire de brigands ! Il aurait dû emmener plus d'hommes avec lui. You Lao'er, se dit en lui-même l'inspecteur, c'est bien la peine d'avoir tant d'années d'expérience, tu t'es encore emballé comme un gamin ! Tu aurais mieux fait de venir ici avec plus de monde au lieu de vexer tes adjoints en faisant semblant de les bouder.

De toute façon, il était trop avancé pour pouvoir reculer, il fallait y aller. C'était aussi une occasion de montrer à ses adjoints qu'il n'était pas une mauviette, même s'il n'était jamais monté sur la montagne. S'il en attrapait un ou deux, ses paroles auraient désormais plus de poids ; il devait tenter sa chance : cela finirait peut-être mal, mais ce n'était pas sûr. « Lao Chu, tu bloques la porte ou bien c'est moi ?

— Ils sont là ! dit Lao Chu en montrant la porte, inutile de la barrer, aucun ne songe à se sauver. »

C'était encore un piège ! Comme de bien entendu, ils allaient à nouveau lui parler de solidarité, merde ! You Lao'er jeta un coup d'œil à l'intérieur ; plusieurs types étaient assis dans le couloir : le Papillon, le Grand Nez, Song le Colosse, le Petit la Victoire, il les connaissait tous sauf deux. Un vrai fiasco ! Une fois de plus, il se retrouvait en pays de connaissance.

« Entre, You Lao'er ! Nous n'osions pas aller te féliciter, mais viens ! Regarde un peu notre bande ! Venez ici que je vous présente à You Lao'er : le Chien, Xu le Lingot. Nous sommes de vieux amis, de vrais frères ! » Comme chacun y allait de sa phrase, la discussion fut bientôt très animée.

« Assieds-toi donc, You Lao'er ! » dit très poliment le Petit la Victoire, dont le père venait d'être exécuté dans le Henan.

You Lao'er s'en voulait de ne pas trouver un mot à leur dire, mais Lao Chu s'en sortit élégamment : « Frères, l'inspecteur en chef est venu en personne, si vous avez quelque chose à dire, dites-le ! »

L'inspecteur hocha la tête en souriant.

« Bon, eh bien, allons-y carrément ! » Le Grand Nez prit alors la parole : « Frère Song, emmène notre ami You pour qu'il jette un coup d'œil.

— You Lao'er, par ici ! » Song le Colosse fit un signe avec le pouce par-derrière son épaule et pénétra dans une petite pièce.

You Lao'er le suivit, il se rendit bien compte qu'il n'y avait aucun danger. Lui, qui était prêt un instant auparavant à risquer sa vie, trouvait ça contrariant. La petite pièce était plongée dans l'obscurité, une forte odeur d'humidité montait du sol ; contre le mur, il y avait un petit lit recouvert de paille. Song le Colosse tira le lit et s'accroupit dans un coin pour enlever deux ou trois briques moisies et sortit quelques armes qu'il jeta sur le lit.

« Voilà tout ce qu'il y a ! » Song le Colosse riait en se frottant les mains sur le devant de sa robe : « La situation est trop dangereuse, si on les emporte avec nous, on ne nous laissera même pas prendre le train. On est donc coincé ici. Maintenant que Lao Chu est venu et qu'on a appris que tu étais monté en grade, on va pouvoir enfin sortir d'affaire. On te remet les armes, tu nous donnes de l'argent pour le train, et puis tu demandes à Lao Chu de nous accompagner à la gare. Que tu le veuilles ou non, tu n'as pas le choix. C'est ce que nous, les frères, on voulait te demander ! »

You Lao'er avait envie de vomir. Comme l'air humide lui montait au cerveau, il se couvrit le nez. « Me les remettre, ça rimerait à quoi ? » Il recula jusqu'à la porte de la pièce et ajouta : « Il n'est pas question que je garde les armes pour vous !

— Mais nous ne pouvons pas les emporter, c'est à cause de la situation, dit Song le Colosse avec une remarquable sincérité.

— D'accord, je les prends, mais je dois également déclarer la chose aux autorités ; à défaut d'avoir pu procéder à une arrestation, la saisie de quelques armes ne sera pas mal vue ! Mettez-vous un peu à ma place ! » Ses propres paroles rendaient You Lao'er furieux : décidément, il était trop mou !

« Comme tu veux, You Lao'er ! »

L'inspecteur aurait bien aimé que leur discussion s'en tînt là.

« Tu feras comme tu veux ! Mais, tu sais, You Lao'er, dans notre métier, si on peut faire autrement, on ne se sépare pas comme ça de ses armes. Alors fais comme bon te semble. Nous ne te demandons qu'une chose : partir au plus vite. Sans ton aide, on ne pourrait pas s'en aller. Dis donc à Lao Chu de nous accompagner au train ! »

Voilà maintenant que les bandits donnaient des

ordres à l'inspecteur en chef, c'était un peu fort ! Mais comme il s'agissait de ses propres amis, You Lao'er se trouvait réduit au silence, à bout de moyens et privé de toute énergie. Des moyens, il en avait, mais il ne pouvait pas les employer. Le prestige qu'il pouvait tirer de sa situation ne lui servirait à rien, car sa vraie nature n'échappait à personne ; il se gratta le crâne en se demandant ce qu'il allait faire des armes saisies. Oserait-il les déclarer à ses supérieurs ? Pouvait-il même ne pas les garder comme les autres le lui avaient demandé ? Offrir de l'argent aux bandits, garder leurs armes : drôle de mission officielle ! You Lao'er n'avait qu'une solution : refuser leurs conditions et les envoyer promener. Mais aurait-il cette audace ? Les capturer ? C'était encore plus impensable. Sur le bord du lac, on pouvait à tout moment jeter un cadavre. You Lao'er n'avait aucune envie d'avoir de l'eau pour sépulture.

« You Lao'er ! dit Song qui était toujours aussi sincère, on n'est pas des fils de chien, on sait bien que tu as la tâche difficile, mais on ne peut vraiment pas faire autrement. Tu gardes les armes et tu nous donnes un peu d'argent. Je m'en tiens là, car on se comprend.

— Combien vous faut-il ? dit You Lao'er avec un sourire qui faisait vraiment mal au cœur.

— Six fois six, trente-six, pas un de plus, on n'est pas des bâtards, trente-six juste !

— Mais, les armes, je ne m'en occupe pas !

— Comme tu veux ! De toute façon, on ne peut

pas les emporter. Si on part sans armes, en cas d'arrestation, on ne risque que six mois, mais si on les trouve sur nous, on risque sa tête. C'est la pure vérité ! Lorsqu'on a peur, entre copains, inutile de se vanter. Et le moment venu, il faut faire gaffe. Alors, tu es d'accord, frère You, trente-six *yuans* et à la prochaine ! » Song le Colosse avait déjà la main tendue.

Les trente-six *yuans* changèrent de main. Et l'inspecteur, qui ne savait que faire, dit à son adjoint : « Lao Chu, qu'est-ce qu'on fait de ces armes ?

— Emportons-les, nous verrons bien ! répondit Lao Chu, très sûr de lui.

— Lao Chu ! crièrent alors les bandits, conduis-nous au train !

— Frère You, ajoutèrent-ils très poliment, merci infiniment ! »

Le frère You se serait volontiers passé d'un tel remerciement. Les armes une fois rassemblées, il s'aperçut qu'il ne pouvait pas les emporter comme ça, il ne lui restait plus qu'à se les répartir avec Lao Chu en se les glissant autour de la ceinture. Cela leur donnait un air imposant, mais l'un comme l'autre était dans l'impossibilité de tirer sur les bandits. Ceux-ci, du reste, avaient une totale confiance en leur frère You : ils lui avaient donc remis leurs armes et aucun d'entre eux n'aurait pu imaginer qu'il pût les trahir. L'idée même de les arrêter lui était sortie de la tête. Ils avaient une telle assurance qu'il ne pouvait que les admirer. Mais voilà, cela lui avait coûté seize *yuans* de plus que les frais de bureau. Coincé comme il l'était, You Lao'er se demandait si ce ne serait pas bientôt tout son salaire qui y passerait de cette façon.

L'inspecteur déjeuna sans appétit, même les deux verres d'alcool qu'il but pour compenser lui restèrent sur l'estomac. À quoi bon chercher encore à se justifier ? Il était un incapable s'il ne méritait pas la confiance du Commandant Li ! You Lao'er était quand même un homme qui tenait à sa réputation. Il se disait que si cela se reproduisait encore, il n'avait plus qu'à donner sa démission. L'idée de démissionner lui était également intolérable. Par les temps qui couraient, où trouverait-il un boulot à cent vingt *yuans* ? En demander un autre au Commandant Li : c'était impensable ! Non seulement il n'avait pas réussi à prendre les bandits, mais, comble du grotesque, il s'était laissé posséder par eux. Il songea à toutes les plaisanteries que les bandits ne manqueraient pas de faire sur son compte, une fois arrivés à la montagne. Quel objet de risée il deviendrait ! Plus il y pensait, plus il se sentait abattu.

Il valait peut-être mieux pour lui s'occuper d'abord de l'opium. Tout le trafic pouvait passer pour un acte de rébellion, mais de si peu d'importance ! Commencer par arrêter quelques trafiquants, ce n'était pas une mauvaise idée. You Lao'er mit au point une stratégie. Pour l'instant, on ne parlerait plus de rebelles, quitte à reprendre le problème plus tard. Dans le domaine de l'opium, l'inspecteur pouvait au moins compter sur ses adjoints.

Au bout d'une semaine, ils eurent effectivement plusieurs affaires à leur actif, mais sans rapport avec la mission que le Commandant Li avait confiée à l'inspecteur. Or, You Lao'er ne pouvait relancer ses hommes aux trousses des rebelles, sans en être à nouveau de sa poche.

Un jour qui devait être un lundi, les adjoints de l'inspecteur étaient tous partis en chasse pour saisir de la drogue (toujours la drogue !), lorsque entra un gros type rustaud qui balançait les bras en marchant.

« You Lao'er ! dit en riant le visiteur au visage hâlé.

— Toi, Qianwu ! Tu as du culot !

— Mais tant que tu es là, frère You, je n'ai rien à craindre. » Il s'assit. « Donne-moi plutôt une sèche ! J'ai envie de fumer.

— Qu'est-ce qui t'amène ? » You Lao'er palpa sa ceinture : encore un qui voulait des frais de transport !

« Qu'est-ce qui m'amène ? Je suis venu d'abord te féliciter, ensuite te remercier. Ils sont tous montés sur la montagne et aucun n'est prêt d'oublier ton beau geste, aussi vrai que je te le dis ! »

« Ah ! bon ? Ils ne se sont pas moqués de moi ? » se dit en lui-même You Lao'er.

« Frère, reprit Qianwu en tirant de sa poche une liasse de billets, pour tout te dire, on ne peut pas te laisser perdre de l'argent. Les copains sont tous sur la montagne et n'oublieront jamais ce que tu as fait pour eux.

— C'est que... » You Lao'er fit mine de protester poliment.

« Tais-toi, frère You, prends ce que je te donne. Dis-moi où sont les armes de frère Song.

— Tu me prends pour un gardien d'armes ? » L'inspecteur n'osa pas le dire à haute voix. « C'est Lao Chu qui les a.

— Si c'est ça, frère You, je vais lui en parler.

— Tu viens de la montagne ? » You Lao'er se crut obligé de faire un brin de causette.

« Si j'en viens, c'est pour te donner le conseil de laisser tomber cette besogne, dit Qianwu l'air sincère.

— Tu me demandes de démissionner ?

— Précisément ! Que tu te considères des nôtres, c'est pareil. Officiellement, toi et nous, on ne peut coexister. Mais, à titre personnel, puisque tu as été gentil avec nous, nous te rendrons la pareille ; il vaut mieux laisser tomber. C'est tout ce que j'avais à te dire. Sur la montagne, j'ai sous mes ordres plus de trois cents hommes, mais comme nous sommes amis, j'ai tenu à venir te voir moi-même. Quand je te dis de laisser tomber, tu as tout intérêt à le faire. Entre gens intelligents, inutile d'insister. Je m'en vais, frère You. Dis à Lao Chu que je l'attendrai dans la petite auberge près du lac.

— Dis-moi encore un mot. » You Lao'er se leva. « Si je laisse tomber, que penseront les amis ?

— Personne ne se moquera de toi. Tu peux être sans crainte. Allez, au revoir ! »

Deux ou trois jours plus tard, le poste d'inspecteur en chef eut un nouveau titulaire.

Quant à You Lao'er, on le voyait souvent, bedonnant, se promener dans la rue, et il lui arrivait parfois de jeter un regard vers la Montagne des Mille Bouddhas.

LE CROISSANT DE LUNE

I

Oui, je revois enfin le croissant de lune, froide faucille d'or pâle. Combien de fois, oh ! combien de fois ne l'ai-je déjà vu, fidèle et immuable ? il est lié pour moi à tant d'émotions, tant de scènes différentes : assise à le contempler, je le retrouve, accroché de biais aux nuages, au fil de mes souvenirs, qu'il réveille comme le vent du soir effeuille une fleur qui voudrait dormir.

II

À la première apparition de ce froid croissant de lune, je connus vraiment le froid et l'amertume ; son pâle éclat brilla sur mes larmes. Je n'avais que sept ans, fillette vêtue d'une courte veste ouatée rouge et d'un bonnet que Maman m'avait fait en coton bleu imprimé de fleurs, je m'en souviens. Je regardais la lune, appuyée à la borne du seuil (*menduor*). Dans notre petite chambre, il y avait des odeurs de décoctions, la fumée du poêle, les larmes de Maman, la maladie de Papa. Seule, sur les marches, je regardais la lune ; personne ne s'occupait de moi, ne pensait à me faire à dîner. Je comprenais la désolation qui régnait dans la chambre, car on disait que la maladie de Papa était... ; mais je ressentais encore plus vivement mon propre chagrin, j'avais froid et faim, personne ne se souciait de moi. Je restai plantée là, jusqu'au moment où la lune se coucha. Il ne me resta alors plus rien, et je ne pus retenir mes larmes. Mais le bruit de mes pleurs fut étouffé par ceux de Maman ; Papa s'était tu, son visage était couvert d'une étoffe blanche ; je voulus la soulever pour le revoir, mais je n'osai pas. La chambre était si petite qu'il la remplissait entièrement. Maman mit des vêtements blancs et me fit porter pardessus ma veste ouatée rouge une tunique blanche dont les bords n'étaient pas ourlés, je m'en souviens parce que j'en tirais constamment les fils. Tout le monde s'affairait et pleurait à fendre l'âme, tout en discutant bruyamment, ce qui semblait inutile, car il n'y avait pour ainsi dire rien à faire. On mit Papa dans un cercueil de planches minces fissurées de partout. Puis cinq ou six personnes l'emportèrent. Maman et moi suivions en pleurant. Me rappeler Papa, c'est me rappeler cette caisse de bois où tout s'est terminé pour lui : chaque fois que je pense à lui, je me dis que je ne peux plus le revoir à moins d'ouvrir cette caisse.

Mais, bien que je connaisse l'endroit, hors de la ville, où elle est enfouie sous la terre, il me serait aussi impossible de la retrouver qu'une goutte de pluie absorbée par le sol.

III

Maman et moi étions encore en blanc lorsque je revis le croissant de lune. Il faisait froid. Munie d'une mince liasse de papier à brûler, Maman m'emmena sur la tombe de Papa, hors de la ville. Elle fut particulièrement gentille avec moi ce jour-là, me portant un bout de chemin quand je ne pouvais plus marcher ; à la porte de la ville, elle m'acheta des châtaignes grillées. Tout était froid, sauf les châtaignes ; mais je ne pouvais me décider à les manger, et je me réchauffais les mains avec. Je ne sais plus quelle distance nous parcourûmes, mais ce dut être loin, très loin ; plus loin qu'il ne m'avait semblé le jour de l'enterrement, sans doute parce qu'il y avait beaucoup de monde. Cette fois, nous étions seules, Maman ne parlait pas et je n'en avais pas envie non plus. Tout était silencieux ; les chemins étaient déserts à perte de vue, la nuit tombait vite. Je me rappelle la tombe : un petit tertre, et au loin quelques buttes de terre jaune au-dessus desquelles le soleil s'inclinait. Comme si je ne comptais plus pour elle, Maman me déposa à côté de la tombe, qu'elle étreignit en pleurant. Je restai assise là, à jouer avec des châtaignes. Après avoir pleuré, elle brûla l'argent pour les morts, et les cendres voletèrent devant mes yeux avant de se reposer paresseusement sur le sol. Il n'y avait presque pas de vent, mais il était très froid. Maman se remit à pleurer. Je pensais aussi à Papa, mais je n'avais pas envie de pleurer à cause de lui ; pourtant, je pleurai, apitoyée par les larmes de Maman. Je lui pris la main pour la consoler ; mais ses sanglots redoublèrent tandis qu'elle me serrait contre elle. Le soleil allait se coucher. Il n'y avait personne alentour, rien que nous deux, maman et moi. Comme si elle avait aussi un peu peur, les yeux encore humides, Maman m'emmena. Alors que nous étions déjà loin, elle regarda en arrière. Je me retournai aussi : on ne distinguait déjà plus la tombe, perdue au milieu de tous les petits tertres qui se succédaient jusqu'au pied des dunes. Maman soupira. Nous continuâmes à marcher, plus ou moins vite, et nous n'étions pas encore à la porte de la ville lorsque je vis le croissant de lune. Le reste était plongé dans le noir et le silence, seule la lune émettait un froid faisceau lumineux. J'étais fatiguée, et Maman me prit dans ses bras. Je ne sais plus comment nous arrivâmes jusque dans la ville, mon seul vague souvenir est ce croissant dans le ciel[1].

1. Les deux dernières scènes sont sûrement de nature autobiographique. Elles évoquent vraisemblablement le décès du père du romancier.

IV

À huit ans, j'avais déjà appris à mettre des affaires en gage. Je savais que nous n'aurions rien à manger le soir si je n'en tirais pas d'argent. Maman ne pouvait faire autrement ; chaque fois qu'elle me confiait un petit paquet à emporter, je pouvais être sûre qu'il ne restait pas un grain de riz au fond de la marmite, qui était bien souvent aussi nette qu'une veuve vertueuse. Ce jour-là, ce fut un miroir que j'emportai, le seul objet dont nous pensions encore pouvoir nous passer, bien que Maman s'en servît tous les jours. C'était le printemps, et les vêtements ouatés que nous venions de quitter avaient déjà pris le chemin de la boutique du prêteur sur gages. Je savais qu'il fallait porter ce miroir avec autant de soin que de célérité, car la boutique fermait de bonne heure. J'avais peur de sa grande porte rouge et de son comptoir, si haut et si long. Je sentais mon cœur battre à la seule vue de cette porte, mais il me fallait y entrer, en escaladant pour ainsi dire le seuil (*menkanr*) qui se dressait devant moi ; et j'avais besoin de toute ma force pour tendre l'objet à bout de bras et crier : « Je l'engage ! » Puis, serrant avec précaution l'argent et le bulletin, je me dépêchai de rentrer car Maman était inquiète. Mais cette fois-ci, on ne voulut pas du miroir et on me dit d'y ajouter un autre « article ». Je savais ce que cela signifiait. Serrant le miroir contre moi, je courus à la maison. Maman pleura ; elle ne trouva pas un second « article ». J'étais habituée à notre petite chambre et la croyais remplie d'objets ; c'est en aidant Maman à chercher quelque chose de monnayable que je compris combien nous étions démunies. Maman ne m'y renvoya pas. Comme je lui demandais comment nous allions manger, elle me tendit en pleurant son épingle à chignon, le seul objet en argent qu'elle possédât. Elle l'avait déjà retirée plus d'une fois sans jamais pouvoir se décider à la mettre en gage. C'était un cadeau de mariage de ma grand-mère. Elle me la donna donc, en me disant de laisser le miroir. Je me hâtais de toutes mes forces vers la boutique de prêt, mais la grande porte redoutable était déjà bel et bien fermée. L'épingle dans les mains, je m'assis sur le seuil ; je n'osai pas pleurer trop fort. Je regardai le ciel et, de nouveau, le croissant de lune brilla sur mes larmes. Je pleurais depuis longtemps, quand Maman apparut dans l'obscurité et me prit la main. Oh ! comme sa main à elle était chaude ! Rien qu'à son contact, je me sentis beaucoup mieux, j'en oubliai mon désespoir et même ma faim. Je dis en réprimant un sanglot : « Maman, rentrons dormir, je reviendrai demain matin. » Mais elle ne répondit pas. Après avoir marché un moment, je poursuivis : « Regarde la lune ! Le jour où Papa est mort, elle était tout aussi oblique. Pourquoi est-elle toujours de travers ? » Maman ne répondit pas davantage ; sa main tremblait légèrement.

V

Toute la journée, Maman faisait la lessive pour des étrangers. J'aurais voulu l'aider mais j'en étais incapable ; tout ce que je pouvais faire, c'était lui tenir compagnie et l'attendre pour aller me coucher. Parfois, je l'entendais encore s'échiner à perdre haleine lorsque la lune se levait. Les chaussettes puantes, dures comme du cuir, apportées par des commis de boutiques, lui coupaient l'appétit. J'étais assise à côté d'elle et regardais la lune ; dans ses rayons passaient et repassaient fugitivement des chauves-souris, telles de grosses châtaignes d'eau enfilées sur un cordon d'argent, avant de disparaître dans l'ombre. Plus Maman me faisait peine, plus j'aimais le croissant de lune, qui me consolait un peu. C'était en été que je le préférais, car il était frais comme de la glace. J'aimais les ombres évanescentes qu'il projetait sur le sol, légères et indistinctes, et bientôt disparues. À ce moment, le sol devenait d'un noir intense, mais les étoiles avaient un éclat — et les fleurs un parfum — tout aussi intense. Il y avait chez nos voisins des arbres en fleurs, et celles d'un grand acacia retombaient de notre côté, comme une couche de neige.

VI

Comme Maman avait les mains gercées par les lessives, je n'osais pas lui demander souvent de me frotter le dos pour soulager mes démangeaisons. À force de laver, ses mains étaient calleuses ; elle maigrissait, puisque l'odeur des chaussettes lui coupait l'appétit. Je me doutais qu'elle cherchait une solution ; il lui arrivait souvent de repousser le linge et de regarder dans le vide, l'air hébété, et elle se mettait à parler toute seule. À quoi songeait-elle ? Je ne pouvais le deviner.

VII

Maman me recommanda de ne pas me buter et de l'appeler gentiment « Papa » : elle m'avait retrouvé un père. C'en était un nouveau, je le savais, puisque l'autre était dans une tombe. Tout en me raisonnant, elle détourna ses yeux remplis de larmes : « Je ne peux pas te laisser mourir de faim ! » Ah ! c'était donc pour cela ! Ne comprenant pas très bien, j'eus un peu peur et en même temps un peu d'espoir : nous allions cesser d'avoir faim. Comme par coïncidence, le croissant de lune était dans le ciel lorsque nous quittâmes notre petite chambre. Mais il était plus net et plus angoissant que d'habitude : j'abandonnais un univers familier. Maman partit dans un palanquin rouge, précédée de quelques musiciens qui jouaient mal ; je suivais avec un monsieur qui me tenait par la main. La pâle lueur de cette lune angoissante semblait trembler dans la fraîcheur du vent. Les rues étaient désertes, seuls quelques chiens errants rôdaient autour des musiciens en aboyant. Le palanquin avançait très vite. Où allait-il ? Emportait-il Maman hors de la ville, vers la tombe ? L'homme me traînait, j'étais tout essoufflée et réprimais des sanglots ; sa main était moite de sueur et froide comme un poisson. J'aurais voulu appeler Maman, mais je n'osais pas. Au bout d'un moment, alors que le croissant de lune ressemblait déjà à un œil près de se fermer, le palanquin entra dans une ruelle.

VIII

Je ne crois pas avoir revu le croissant de lune pendant trois ou quatre ans. Mon nouveau père était très gentil avec nous. Il avait deux pièces ; Maman et lui occupaient celle du fond, je dormais sur un lit de planches dans la pièce de devant. Au début, j'aurais voulu dormir avec Maman, mais au bout de quelques jours, j'aimais bien « ma » petite chambre, aux murs blancs, où il y avait aussi une table et une chaise. Tout cela semblait m'appartenir ; ma couverture était plus épaisse et plus chaude que l'ancienne. Maman reprit du poids, elle avait meilleure mine et ses mains perdirent peu à peu leurs gerçures. Il y avait longtemps que je n'étais pas allée à la boutique de prêt. Mon nouveau père m'envoya à l'école. Parfois, il jouait un moment avec moi. Pourquoi n'aimais-je pas l'appeler « Papa », alors qu'il était vraiment charmant ? Il semblait d'ailleurs s'en rendre compte ; il me souriait souvent et ses yeux étaient alors très beaux. Maman me suppliait en cachette de l'appeler « Papa » et je ne voulais pas la contrarier. Je comprenais que si nous mangions à notre faim, c'était grâce à lui... Non, je ne me souviens pas d'avoir vu la lune durant ces trois ou quatre ans ; peut-être que si, mais je l'ai oublié. Le croissant de lune qui brillait pour la mort de Papa, celui qui éclairait le palanquin de Maman, jamais je ne les oublierai. Cette faible lumière glaciale restera toujours dans mon cœur, plus pure et fraîche que tout, comme un morceau de jade, que je croirais pouvoir effleurer de la main.

IX

J'aimais l'école, et elle me semblait pleine de fleurs, bien qu'en réalité il n'en fût rien. Mais, en y pensant, je vois des fleurs, comme en pensant à la tombe de Papa, je vois le croissant de lune, oblique dans la brise des champs. Maman aimait les fleurs ; elle ne pouvait en acheter, mais si on lui en offrait une, elle se la piquait, toute contente, dans les cheveux. Quand j'en avais l'occasion, j'en cueillais une ou deux pour elle. Avec une fleur fraîche dans les cheveux, elle semblait encore très jeune, vue de dos. Elle était heureuse, donc je l'étais aussi, et c'est sans doute parce que je l'étais également à l'école que le souvenir que j'en ai gardé est associé pour moi à des fleurs.

X

Pendant ma dernière année d'école primaire, Maman me renvoya mettre des affaires en gage. Je ne sais pourquoi mon nouveau père était soudain parti. Maman ne semblait pas savoir où ; persuadée qu'il reviendrait bientôt, elle continua à m'envoyer à l'école. Les jours passèrent, et rien ne vint, pas même une lettre. J'étais très triste à l'idée que Maman devrait de nouveau laver d'immondes chaussettes. Mais elle n'y songeait pas, et continuait à soigner sa toilette et à porter des fleurs dans ses cheveux. Chose curieuse, loin de pleurer, elle souriait toujours. Je ne comprenais pas. Plus d'une fois, en rentrant de l'école, je la vis debout à la porte. Bientôt des hommes me hélèrent dans la rue : « Eh ! va donner ce mot à ta mère ! », « Et toi, tendron, es-tu aussi à vendre ? ». J'avais le visage en feu et aurais voulu rentrer sous terre. Je compris, sans être plus avancée pour autant. Je ne pouvais interroger Maman, impossible. Elle était très gentille avec moi, et me répétait gravement : « Instruis-toi, profite de tes études ! » Elle-même ne savait pas lire, pourquoi m'exhortait-elle de la sorte à apprendre ? J'eus des soupçons : ferait-elle des choses pareilles à cause de moi ? Mais que pouvait-elle faire d'autre ? Quand j'éprouvais ces soupçons, je l'aurais volontiers maudite, puis, après y avoir réfléchi, je ne pensais qu'à l'embrasser, la supplier de ne plus le faire. Je m'en voulais de ne pouvoir l'aider et me demandais si je le pourrais davantage après l'école primaire.

Je me renseignai auprès de mes camarades ; les unes me dirent qu'un bon nombre de diplômées de l'an dernier étaient devenues des concubines ; d'autres me dirent que certaines se prostituaient. Sans bien comprendre, je devinais, à la manière dont elles en parlaient, que ce n'était pas très bien. Elles semblaient savoir à quoi s'en tenir, mais n'en discutaient pas moins en cachette de ces choses qu'elles savaient choquantes, rouges d'excitation et de plaisir. Je ne m'en méfiais que davantage de Maman : attendait-elle que j'aie fini l'école pour... ? Quand il me venait des idées pareilles, je n'osais pas rentrer à la maison, craignant de me retrouver face à face avec elle. Je ne dépensais pas l'argent qu'elle me donnait parfois pour le goûter ; j'allais le ventre vide au cours de gymnastique où j'étais souvent au bord de l'évanouissement. Et quand je voyais les autres manger des gâteaux, l'eau m'en venait à la bouche. Mais il fallait que je fasse des économies pour me sauver au cas où Maman voudrait que je... En fait, je ne possédais jamais plus de quelques sous. À ces moments-là, même le jour, je regardais le ciel pour y chercher mon croissant de lune. Si mon chagrin pouvait se comparer à quelque chose, c'était à ce croissant de lune, qui était suspendu tout seul dans un ciel gris-bleu, et dont la faible lueur allait bientôt être engloutie par les ténèbres.

XI

Le plus triste pour moi fut d'en arriver progressivement à détester Maman. Mais, automatiquement, je la revoyais alors me porter pour aller sur la tombe de Papa, et je ne pouvais plus la détester. Puis, ma haine était de nouveau plus forte que moi. Mon cœur était comme le croissant de lune qui s'allume fugitivement dans un océan de ténèbres. Il venait souvent des hommes chez Maman, elle ne s'en cachait plus. Ils me regardaient comme des chiens qui salivent et tirent la langue ; j'étais encore plus appétissante à leurs yeux. En très peu de temps, je compris bien des choses. Il fallait que je me tienne sur mes gardes ; je pressentis que mon corps recelait un trésor et je perçus en moi une odeur qui me faisait honte, me mettait en émoi. Je disposais de forces qui pouvaient me protéger comme me détruire. Je me raidissais ou me laissais aller tour à tour, sans savoir quand j'avais raison. Je ne demandais qu'à aider Maman ; mais au moment même où j'aurais voulu lui poser des questions, être rassurée, il fallait que je l'évite, que je la déteste. Sinon, je n'aurais pas pu survivre. Durant mes insomnies, je pensais à elle plus calmement et lui trouvais des excuses ; elle avait à nous nourrir toutes les deux. Mais j'avais alors envie de refuser cette nourriture. Plein de contradictions, mon cœur était comme une bise hivernale qui se calme un instant pour souffler avec une violence accrue. J'attendais tranquillement la prochaine bouffée de colère que je ne pourrais refouler.

XII

Je n'avais pas encore trouvé de solution lorsque la situation empira. Maman me demanda : « Eh bien ? », ajoutant qu'il était temps que je l'aide si je l'aimais. Sinon, elle ne pourrait plus s'occuper de moi. Je n'en crus pas mes oreilles, mais Maman ne mâcha pas ses mots : « Je serai bientôt vieille. Dans deux ans, même à l'œil, personne ne voudra plus de moi. » Hélas ! C'était vrai. Depuis quelque temps, ses rides se voyaient malgré une épaisse couche de poudre. Elle voulait faire un pas de plus et se mettre à la disposition exclusive d'un seul homme, n'ayant plus le courage d'en servir plusieurs à la fois. Elle avait trouvé un amateur éventuel, un marchand de *mantous*, mais il fallait qu'elle aille chez lui sur-le-champ. Comme j'étais déjà une grande fille, il n'allait plus de soi que je suive son palanquin. Il faudrait que je me débrouille toute seule. Par contre, si j'étais disposée à l'« aider », à être son gagne-pain, elle n'aurait pas à faire ce pas. Je ne demandais pas mieux que de l'entretenir, mais je tremblais à l'idée de gagner ainsi notre vie. Comment me demander, inexpérimentée comme je l'étais, de me comporter comme une femme mûre ? Maman était impitoyable, mais l'argent l'était encore plus. Elle ne m'y obligeait d'ailleurs pas, j'avais le choix : soit je l'aidais, soit mère et fille irions chacune notre chemin. Maman n'avait pas de larmes dans les yeux, il y a longtemps qu'ils étaient secs. Qu'allais-je faire ?

XIII

J'en parlai à la directrice de l'école. C'était une quadragénaire replète, pas très intelligente, mais qui avait bon cœur. J'étais à bout d'expédients, sinon comment aurais-je pu me résoudre à dire à une quasi-inconnue ce que Maman... Quand je me mis à parler, chaque mot me brûla la gorge comme un charbon incandescent et je restai muette un bon moment avant de pouvoir continuer. La directrice fut disposée à m'aider. Elle ne pouvait pas me donner d'argent, mais au moins me nourrir et me loger à l'école où j'habiterais avec une vieille domestique. Elle me demanda de faire des travaux d'écriture au secrétariat, mais un peu plus tard, quand j'aurais amélioré ma calligraphie. Deux repas quotidiens et un toit : un grand problème était résolu. Je ne serais pas à la charge de Maman. Elle-même, cette fois, ne partit pas en palanquin, mais dans un pousse, et à la nuit tombée. Elle me remit mon balluchon (*pugai*) en me quittant et s'efforça de ne pas pleurer, mais les larmes qui lui gonflaient le cœur finirent par déborder. Elle savait que je ne pourrais pas aller la voir, moi, sa propre fille. Quant à moi, j'avais oublié ce que c'est que de pleurer ; je restai là, à sangloter, la bouche grande ouverte, tandis que mes larmes coulaient d'elles-mêmes. J'étais sa fille, son amie, sa consolatrice. Mais je ne pouvais pas l'aider à moins de me résoudre à l'inacceptable. Je me dis, après ces adieux, que nous étions comme deux chiens abandonnés. Nous devions endurer tant de souffrances parce que nos ventres criaient famine, comme si nos corps n'étaient qu'un ventre qui nous obligeait à vendre tout le reste. Je ne détestais plus Maman, oh non ! Elle n'était pas coupable ; la coupable, c'était cette nourriture dont nous ne pouvions pas plus que les autres nous passer. La séparation me fit oublier la souffrance passée. Le croissant de lune, qui comprenait le mieux la raison de mes larmes, ne se montra pas. La nuit était sombre, sans même une luciole. Maman avait disparu dans les ténèbres comme un fantôme, sans projeter une ombre. Même si elle devait mourir tout de suite, je ne pourrais pas l'enterrer auprès de Papa, et ne saurais jamais où se trouve sa tombe. Je n'avais qu'elle, elle était ma seule amie. Je restais seule au monde.

XIV

Je pensais ne jamais la revoir, et l'amour mourut en moi comme une fleur précoce tuée par le gel. Je travaillais consciencieusement ma calligraphie pour pouvoir aider la directrice de l'école par de menus travaux de copie. Il fallait que je me rende utile puisqu'on me nourrissait. Je n'étais pas comme mes camarades qui passaient leur journée à observer ce que les autres mangeaient, portaient sur le dos ou disaient. Je ne m'occupais que de moi, mon ombre était ma seule amie. Mon cœur était toujours plein de moi-même, puisque personne d'autre ne m'aimait. Donc, c'était moi qui m'aimais, me plaignais, m'encourageais, me grondais. Je me connaissais de l'extérieur, comme si j'étais une autre. En voyant mon corps se transformer, je passais successivement de l'inquiétude à la joie et me demandais bien ce qui m'arrivait. Je prenais soin de moi comme d'une fleur délicate. Je ne pouvais me soucier que de l'instant présent, je n'avais pas d'avenir et n'osais pas y réfléchir sérieusement. Nourrie par des étrangers, je savais quand c'était midi ou le soir, sinon je n'aurais eu aucune notion du temps : sans espoir, le temps n'existe pas. J'étais comme clouée à un endroit où il n'y avait ni jours ni mois. Le souvenir de Maman me rappelait que j'avais un passé de plus de dix ans derrière moi. Quant à l'avenir, je n'attendais pas, comme mes camarades, les vacances, les jours de fête, le Nouvel An, cela ne me concernait pas. Mais mon corps ne s'en développait pas moins, augmentant mon trouble et mon inquiétude. Ma seule consolation était de voir que j'embellissais. La beauté aurait pu m'assurer une meilleure place dans la société, mais comme je n'y avais pas ma place au départ, la douceur de cette consolation tournait à l'amertume qui, à son tour, se muait en orgueil : pauvre, mais belle ! Et pour finir, c'était de nouveau la peur : Maman aussi était loin d'être laide !

XV

Depuis longtemps, je n'osais plus regarder le croissant de lune malgré l'envie que j'en avais. Bien qu'ayant passé mon certificat d'études primaires, j'habitais toujours à l'école, seule avec deux vieux domestiques, un homme et une femme. Ils ne savaient pas comment se comporter avec moi, qui n'étais ni une élève, ni un professeur, ni à proprement parler une domestique. Quand je me promenais dans la cour, le soir, il me fallait souvent rentrer, de peur de voir le croissant de lune. Mais il me poursuivait en pensées dans ma chambre, surtout quand soufflait une brise qui semblait porter ses rayons jusque dans mon cœur pour me rappeler le passé et augmenter mon chagrin présent. Mon cœur était comme une chauve-souris au clair de lune, qui reste noire même dans la lumière. N'ayant aucun espoir, j'avais souvent l'air sombre et taciturne, mais je ne pleurais pas.

XVI

Je gagnais de petites sommes par-ci par-là en tricotant pour les élèves, avec l'autorisation de la directrice. Mais cela ne me rapportait pas grand-chose, car elles savaient aussi tricoter et n'avaient recours à mes services que lorsqu'elles étaient trop pressées ou voulaient une paire de gants ou de chaussettes pour quelqu'un de leur famille. C'était bien peu, mais assez pour me redonner goût à la vie. Je me disais même que j'aurais pu entretenir Maman si elle n'était pas partie. En fait, il me suffisait de compter ma fortune pour savoir que ce n'était qu'une illusion, si réconfortante fût-elle. J'avais très envie de revoir Maman et j'étais persuadée qu'elle me suivrait en me voyant ; nous pourrions nous débrouiller, m'imaginais-je sans y croire tout à fait. En tout cas, je pensais à elle et la voyais souvent dans mes rêves. Un jour, j'étais allée me promener avec les élèves dans les environs de la ville et comme il était plus de quatre heures, nous prîmes un raccourci pour rentrer. C'est là que je revis Maman. Il y avait dans un *hutong* une boutique de *mantous* avec devant la porte un panier en forme de *yuanbao*[1] surmonté d'un énorme *mantou* en bois blanc. Maman était assise contre le mur, se courbant et se redressant tour à tour pour actionner un soufflet. Je les aperçus de loin, le grand *mantou* et Maman, que je reconnus de dos. Je voulus me précipiter vers elle et l'embrasser, mais je n'osai pas, de peur que les élèves ne se moquent de moi et ne soient choquées par ma mère. En approchant, je baissai la tête et lui jetai un coup d'œil à travers mes larmes. Elle ne me vit pas, et ne sembla pas nous remarquer quand nous la frôlâmes au passage, trop occupée à actionner son soufflet. De loin, je tournai la tête : elle continuait son travail. Je ne distinguai pas ses traits et vis seulement que des mèches de cheveux lui tombaient sur le front. Je notai le nom du *hutong*.

XVII

Le désir de revoir Maman me rongeait le cœur comme un ver. Juste à ce moment, notre école changea de direction. La grosse directrice me dit de prendre une décision ; je n'avais pas à m'inquiéter pour ma nourriture et mon logement tant qu'elle serait là, mais elle ne pouvait prendre d'engagements au nom du nouveau directeur. Je comptais mes économies, qui se montaient à deux

1. Lingot d'or ou d'argent, aux bords relevés des deux côtés, dont l'origine remonte à l'époque mongole (XIIIe siècle).

yuans, sept *maos* et quelques sous. C'était assez pour ne pas avoir faim pendant les premiers jours, mais où aller ? Je ne pouvais rester assise à ressasser mes idées noires, il fallait que je trouve une solution. Ma première pensée fut d'aller chez Maman. Mais pouvait-elle me recueillir ? Si elle ne le pouvait pas, ma venue risquerait de provoquer une dispute avec le marchand de *mantous*, et en tout cas elle serait très malheureuse. Il fallait que je me mette à sa place, elle était encore ma mère, et pourtant ne l'était plus, puisque la pauvreté avait dressé un obstacle entre nous. Après mûre réflexion, je renonçai à mon projet. Il fallait que je vienne seule à bout de mes difficultés. Comment ? Je n'en avais aucune idée. Le monde me semblait exigu, sans une place pour m'accueillir avec mon maigre balluchon. J'étais moins qu'un chien, qui trouve un coin pour dormir. Moi, je n'avais pas le droit de coucher dans la rue, j'étais un être humain, c'est-à-dire plus mal lotie qu'un chien. Si je faisais des difficultés pour m'en aller, le nouveau directeur ne me chasserait-il pas ? Je ne pouvais attendre d'être mise à la porte. C'était le printemps. Je voyais les fleurs s'ouvrir et les arbres reverdir, mais je ne sentais pas la chaleur ; les fleurs rouges n'étaient que des fleurs rouges, les feuilles vertes n'étaient que des feuilles vertes : ces couleurs ne signifiaient rien pour moi. Le printemps mourait et se glaçait dans mon cœur. Je ne voulais pas pleurer, mais mes larmes coulaient d'elles-mêmes.

XVIII

Je cherchai du travail. Je n'allai pas chez Maman, je ne voulais dépendre de personne pour ma subsistance. Je passai deux jours entiers au-dehors, partant pleine d'espoir, rentrant barbouillée de poussière et de larmes. Il n'y avait pas de travail pour moi. Je compris enfin Maman et l'excusai tout à fait. Elle avait au moins lavé des chaussettes puantes, je n'en étais même pas capable. Elle s'était engagée dans la seule voie qui s'offrait. Les connaissances et les principes moraux que l'on m'avait appris à l'école étaient une plaisanterie, une fantaisie réservée à ceux qui mangent à leur faim et ont des loisirs. Mes camarades auraient été choquées par ma mère, elles qui parlaient avec ironie des prostituées ; rien de plus naturel, elles mangeaient à leur faim. J'étais presque résolue : pourvu que quelqu'un me donne à manger, je ferais n'importe quoi. Maman était admirable. Je décidai de ne pas mourir, bien que l'idée m'eût effleurée. Non, je voulais vivre. J'étais jeune et belle, je voulais vivre. Ce n'était pas moi qui avais inventé l'infamie.

XIX

Dans cet état d'esprit, je m'imaginai avoir déjà trouvé un travail. J'osais me promener dans la cour, j'appréciais la beauté du croissant de lune printanier qui se détachait sur un ciel bleu sombre sans nuages. Il illuminait tendrement les saules qui, agités par une brise du sud parfumée, projetaient par intermittence leur ombre sur un pan de mur éclairé. Le clair-obscur et le vent, tout était plongé dans la douceur et le sommeil, et en même temps animé d'un mouvement indolent. Deux étoiles, souriantes comme les yeux d'une immortelle, se moquaient du croissant de lune oblique et des saules tremblants. Près du mur, un arbre était couvert de fleurs ; sous les rayons de la lune qui l'éclairaient à moitié, on aurait dit une énorme boule de neige, image d'une incroyable pureté. Cette fois, me dis-je, le croissant de lune m'apporte l'espoir.

XX

Je retournai chez la grosse directrice, mais elle n'était pas chez elle. Un jeune homme me fit entrer. Il était beau garçon et fort aimable. J'avais en général peur des hommes, mais celui-ci ne m'inspira aucune crainte. Il m'invita à parler et j'aurais eu mauvaise grâce à ne pas le faire, attendrie que j'étais par son sourire. Je lui dis les raisons de ma visite ; il sympathisa et promit de m'aider. Le soir même, il m'apporta deux *yuan*s et, comme je les refusai, il dit que c'était de la part de sa tante, la directrice de l'école. Il ajouta qu'elle m'avait trouvé un logement où je pourrais m'installer dès le lendemain. Je n'osai mettre en doute ses paroles, comme j'aurais dû. Son sourire me pénétrait jusqu'au cœur, il aurait été désobligeant de ne pas croire quelqu'un d'aussi aimable et charmant.

XXI

Ses lèvres souriantes étaient sur mon visage et, au-dessus de ses cheveux, je voyais le croissant de lune qui souriait aussi. La brise printanière était comme ivre et déchirait les nuages pour laisser voir la lune et un ou deux couples d'étoiles. Au bord de la rivière, les saules s'agitaient mollement, des grenouilles chantaient amoureusement, le parfum des jeunes roseaux flottait dans l'air tiède du soir. J'écoutais le murmure de l'eau, source de force et de vie pour les tendres roseaux dont j'imaginais l'allègre croissance. La sève des jeunes pousses montait du sol chaud et humide jusqu'aux feuilles et aux fleurs. Tout dans ce coin de terre fécondé et transfiguré par le printemps répandait un parfum de fleurs épanouies. J'avais perdu conscience d'être moi-même, livrée toute au printemps comme la végétation alentour ; je n'existais plus, fondue dans la brise et le pâle clair de lune. Mais la lune fut soudain cachée par un nuage et je revins à moi. J'avais perdu le croissant de lune, et je m'étais perdue moi-même. Je me retrouvai comme Maman.

XXII

Je regrettais, puis je me consolais, j'avais envie de pleurer ou j'étais heureuse, sans savoir quand j'avais raison. Je voulais me sauver, ne jamais le revoir, puis je pensais à lui et me sentais seule. J'avais deux petites pièces, où il venait tous les soirs, toujours aussi séduisant, aussi affectueux. Il me nourrissait et m'habillait. Je voyais comme j'étais belle avec ces nouveaux vêtements, et même si je les détestais parfois, je n'aurais plus pu les quitter. Je n'osais pas réfléchir, et me sentais trop paresseuse pour cela. Je m'étourdissais et me mettais du rouge. Je n'avais pas envie de soigner ma toilette, mais j'étais bien obligée, par désœuvrement. En me faisant belle, je m'attendrissais sur moi-même ; une fois parée, je me détestais. Je pleurais pour un rien, mais arrivais à refouler mes larmes, d'où le charme de mes yeux toujours humides. Je l'embrassais parfois comme une folle, puis le repoussais et l'injuriais. Il souriait toujours.

XXIII

Dès le début, je savais bien que je n'avais rien à espérer. Il avait suffi d'un nuage pour cacher le croissant de lune, mon avenir était sombre. En effet, mon rêve du printemps fut bref et s'acheva avec la venue de l'été. Un jour, vers midi, une jeune femme se présenta chez moi. Elle était belle, d'une beauté froide comme une statuette de porcelaine. Aussitôt entrée, elle se mit à pleurer. Je n'eus pas à l'interroger pour comprendre. Voyant qu'elle ne venait pas pour me faire une scène, je ne me préparai pas à lutter. Elle avait bon caractère, et, toujours en larmes, elle me prit la main : « Il nous a trompées toutes deux. » Je l'avais d'abord prise pour une « amie », comme moi, mais non, elle était sa femme. Au lieu de me chercher noise, elle ne fit que répéter : « Rendez-le-moi ! » Partagée entre des sentiments divers, j'eus pitié d'elle et le lui promis. Elle sourit ; elle me parut assez sotte et incapable de comprendre quoi que ce soit, sauf qu'elle voulait son mari.

XXIV

J'arpentai les rues pendant des heures. C'était facile de faire des promesses, mais qu'allais-je devenir ? Je ne voulais plus des affaires qu'il m'avait offertes, la rupture devait être radicale. Mais que me resterait-il si je renonçais à ces menues possessions ? Où aller ? Comment manger le soir même ? Bien, je les garderais, rien à faire. Je déménageai clandestinement. Je ne regrettai rien, mais me sentais poussée dans le vide comme un nuage. Je m'installai dans une petite chambre et dormis toute une journée.

XXV

Je savais être économe, ayant appris toute petite la valeur de l'argent. Sans être entièrement démunie, j'étais désireuse de trouver tout de suite du travail. Je n'espérais rien, au moins je ne risquais rien. Mais j'avais beau avoir deux ans de plus, ce ne fut pas plus facile. Je m'obstinai, en pure perte, simplement parce que j'estimais qu'il le fallait. C'est vraiment difficile pour une femme de gagner de l'argent ! Maman avait raison, il n'y avait pas d'autre voie que la sienne. Je me refusais à m'y engager immédiatement, tout en sachant que je le ferais tôt ou tard. Plus je me débattais, plus j'avais peur. Mon espoir était comme la nouvelle lune, si vite évanouie, et il se trouva bien amenuisé au bout d'une ou deux semaines. Finalement, je me présentai dans un petit restaurant ; le patron, un colosse hors de proportion avec la taille de l'établissement, passait en revue une série de jeunes filles toutes jolies, toutes instruites ; chacune attendait, ainsi qu'une faveur impériale, d'être distinguée par ce géant décati comme une pagode vétuste. Ce fut moi qu'il choisit. Je ne lui en sus pas gré mais, sur le moment, j'en fus vraiment contente. Les autres me regardèrent avec envie ; en s'en allant, certaines pleurèrent, d'autres crièrent « merde » de dépit. Une femme n'a décidément aucune valeur marchande.

XXVI

Je me retrouvai seconde serveuse dans ce petit restaurant. Apporter des plats et les disposer sur la table, faire l'addition, réciter la carte, autant de choses que j'étais incapable de faire et qui me remplissaient d'appréhension. Mais la « première » me dit de ne pas m'affoler ; elle n'en savait pas davantage, c'était Xiao Shun qui s'occupait de tout. Notre rôle consistait à servir le thé aux clients, à leur présenter des serviettes chaudes et à leur apporter l'addition. Le reste n'était pas notre affaire. Chose curieuse, les manches de la « première » étaient roulées très haut, et leur doublure blanche toujours immaculée. À son poignet était noué un mouchoir de soie blanche sur lequel était brodé : « Petite sœur, je t'aime. » Elle rectifiait constamment son maquillage et ses lèvres peintes avaient l'air d'une grenade rouge sang. Quand elle allumait la cigarette d'un client, elle pressait son genou contre sa jambe et, quand elle servait de l'alcool, elle en prenait parfois une gorgée. Il y avait ceux pour qui elle avait des attentions particulières et ceux qu'elle ignorait ; quand elle baissait les paupières en faisant semblant de ne pas voir quelqu'un, c'était à moi de m'en occuper. J'avais toujours aussi peur des hommes. Mon peu d'expérience avait suffi pour me mettre en garde ; amour ou pas, les hommes étaient redoutables. Surtout ceux qui fréquentaient ce restaurant. Ils affectaient la plus exquise politesse, se battant presque pour se céder la place ou s'inviter. Ils jouaient avec passion au *caiquan* tout en vidant coupe sur coupe. Ils dévoraient comme des loups, mais trouvaient à redire à tout et rabrouaient tout le monde. Quand, la tête baissée, je leur servais le thé et leur présentais les serviettes chaudes, j'avais le visage en feu. Ils me tenaient à dessein des discours et cherchaient à me faire rire. Mais je n'avais pas le cœur à plaisanter. Lorsque je terminais mon travail, à neuf heures passées, j'étais épuisée ; arrivée dans ma chambre, je me couchais sans me déshabiller et dormais jusqu'à l'aube. Je me réveillais de meilleure humeur, pensant que je subvenais à mes besoins par mon travail. Et de très bonne heure, j'allais prendre mon service.

XXVII

La « première » n'apparaissait pas avant neuf heures, alors que j'étais là depuis deux bonnes heures. Elle était condescendante avec moi, mais me faisait la leçon sans aucune hostilité : « Tu n'as pas besoin de venir si tôt, qui mange à huit heures ? Et puis, ne fais pas toujours cette figure d'enterrement, tu es serveuse, on ne te demande pas de jouer les pleureuses ! Si tu baisses la tête, on ne te donnera pas de pourboire. Tu es ici pour gagner de l'argent, non ? Ton col est trop bas, les filles comme nous doivent avoir des cols très montants et des mouchoirs de soie, c'est tout ce que les hommes connaissent. » Ses conseils étaient en partie désintéressés, mais je savais aussi que mon refus de sourire la lésait indirectement ; sa part de pourboires en était diminuée puisque ceux-ci étaient également répartis entre tous. De mon côté, loin de la mépriser, je l'admirais même à certains égards : elle voulait gagner de l'argent et il n'y avait pas d'autre moyen de s'y prendre pour une femme. Je n'avais pas envie de l'imiter ; pourtant, je voyais venir le jour où il me faudrait encore davantage qu'elle payer de ma personne pour gagner ma nourriture ; mais j'attendrais d'en être à la dernière extrémité. La route d'une femme se termine toujours dans une impasse : au mieux, je pourrais encore traîner quelques jours en chemin. Cela me rendait furieuse, mais, j'avais beau grincer des dents, la vie d'une femme ne lui appartient pas. Trois jours passèrent, puis le patron m'avertit : il me garderait encore deux jours à l'essai, mais si je voulais continuer à travailler chez lui, il fallait me comporter comme la « première ». Et celle-ci me dit, à la fois comme une plaisanterie et un avertissement : « Quelqu'un s'est déjà renseigné à ton sujet. Pourquoi fais-tu l'innocente ? Nous n'avons rien à nous cacher. Des serveuses qui épousent des directeurs de banque, ce n'est pas ça qui manque. Tu crois peut-être qu'on va croupir ici ? Vas-y carrément ! Bon sang, ça nous arrive à nous aussi de rouler en auto ! » Cette fois, elle me poussa à bout : « Quand roules-tu en auto ? » Ses lèvres rouges eurent un vilain rictus : « Au lieu de faire la maligne, tu ferais mieux de jouer le jeu. Ce n'est pas la peine d'avoir hérité d'une paire de fesses parfumées quand on ne sait pas s'en servir ! » Non, j'en étais incapable ; je pris le *yuan* et les cinq centimes qui m'étaient dus et rentrai chez moi.

XXVIII

En voulant l'éviter, j'avais fait un pas de plus vers l'obscure impasse finale. Je ne regrettais pas mon travail, mais j'avais peur des ténèbres. Je savais depuis ma première aventure ce que c'est de se vendre à un homme. Dès qu'une fille sort de sa réserve, l'homme le sent et accourt. Il se repaît de sa chair, la mord et la terrasse comme une bête, mais elle est nourrie et vêtue pour un moment. Puis un beau jour, il se peut qu'il la maltraite ou cesse de l'entretenir. Même quand on se vend ainsi, on peut se sentir heureuse par moments, et alors on n'a que des mots d'amour à la bouche ; après viennent la souffrance et le désenchantement. Quand on se vend à tout le monde, comme Maman, on ne prononce jamais un mot d'amour, c'est la seule différence. Tout m'effrayait au même degré ; incapable de suivre les conseils de la « première », j'étais, au fond, moins terrifiée à l'idée d'« un seul » homme ; mais je n'étais pas pressée, je n'avais pas encore vingt ans. Je m'étais d'abord imaginé que c'était agréable d'être avec un homme, sans me douter de ce qu'il exigerait de moi aussitôt. Le jour où j'avais cru m'abandonner au vent printanier, je m'étais livrée à un homme qui avait abusé de mon ignorance. Ce rêve fut suivi d'un triste réveil, il ne m'en resta que deux repas par jour et des vêtements. Je ne voulais plus assurer ma subsistance en rêvant ; puisque la nourriture est une réalité, autant la gagner concrètement. Mais, voilà, quand on n'a pas le choix et qu'on est femme, il faut s'admettre telle qu'on est et se vendre carrément. Pendant plus d'un mois, je cherchai en vain du travail.

XXIX

Je rencontrai d'anciennes camarades de classe, certaines allaient à l'école secondaire, certaines restaient chez elles. J'aurais voulu les ignorer, mais dès que nous engagions la conversation, je me sentais plus intelligente qu'elles, alors qu'à l'école c'était l'inverse. Elles semblaient n'être pas encore sorties de leurs rêves. Elles étaient maquillées et parées comme des marchandises à une devanture. Elles lançaient des œillades aux jeunes gens et semblaient toujours en train de composer des poèmes d'amour. Elles me faisaient rire. Mais je ne pouvais leur en vouloir, elles mangeaient à leur faim et n'avaient rien d'autre à faire que de penser à l'amour. Hommes et femmes cherchent à se prendre dans leurs filets; les plus riches ont les plus grands filets, ils ramènent plusieurs proies et peuvent faire leur choix. Je n'avais pas d'argent, pas même un coin où tisser mon filet; il fallait que je mette la main directement sur quelqu'un ou me laisse prendre. J'étais plus avertie et plus réaliste qu'elles.

XXX

Je rencontrai un jour la jeune femme qui ressemblait à une statuette de porcelaine. Elle me saisit par le bras comme une proche parente, avec l'air de quelqu'un qui a un peu perdu la tête : « Vous êtes vraiment gentille, je regrette de vous avoir demandé de le quitter, dit-elle d'un ton convaincu. Si seulement vous étiez encore avec lui ! Il en a pris une autre, et cette fois c'est encore pire, je ne l'ai jamais revu ! » En la questionnant, j'ai appris qu'ils s'étaient mariés par amour et, visiblement, elle l'aimait toujours. Ce qui ne l'avait pas empêché de partir ! J'eus pitié d'elle, elle rêvait encore, elle croyait que l'amour était sacré. Je lui demandai ce qu'elle comptait faire : il fallait qu'elle le retrouve, dit-elle, elle lui serait fidèle jusqu'à la mort. Et si elle ne le retrouvait pas ? Elle se mordit les lèvres. Elle avait encore ses beaux-parents et ses parents, elle n'était pas libre. Elle m'enviait même de ne dépendre de personne.

On m'enviait, c'était trop drôle ! J'étais libre, ah ! quelle blague ! Elle avait à manger, j'avais la liberté ; elle n'avait pas la liberté, je n'avais rien à manger. Nous étions toutes deux des femmes.

XXXI

Cette rencontre me passa l'envie de me vendre à un seul homme. Je décidai de m'amuser, autrement dit de mener la vie de bohème. Je fis taire mes scrupules moraux, j'avais faim. La vie de bohème peut vous nourrir, et on ne l'apprécie pleinement que si l'on mange à sa faim ; c'est un cercle qui peut se parcourir à partir de n'importe quel point de sa circonférence. Mes camarades de classe et la statuette de porcelaine étaient à peu près comme moi ; elles se faisaient davantage d'illusions, je jouais un jeu plus franc, car un ventre vide est la vérité qui compte le plus. Voilà, je vendis le peu que je possédais et, une fois habillée de neuf, je fus très présentable. Puis j'allai m'exposer au marché.

XXXII

Je pensais m'amuser, être bohème. Je me trompais. Je ne connaissais pas encore assez la vie. Les hommes n'étaient pas aussi faciles à attraper que je le croyais. Je les aurais voulus raffinés, se contentant de quelques baisers. Hélas ! ils ne tombaient pas dans le piège, ils voulaient me caresser les seins dès le premier rendez-vous. Ou bien, ils m'offraient simplement le cinéma ou une glace au cours d'une promenade, et je rentrais avec ma faim. Les hommes dits cultivés me demandaient même où j'avais fait mes études, ce qu'on faisait dans ma famille. Je compris à leur comportement qu'ils ne veulent de vous qu'en fonction des avantages qu'ils peuvent en retirer. Sinon, c'est une glace de quelques centimes pour un baiser. En fait, la vente doit être rondement menée : si tu me donnes de l'argent, je couche avec toi. Maman et moi avions compris, la statuette de porcelaine, non. Je pensais souvent à Maman.

XXXIII

Il paraît que certaines peuvent gagner leur vie comme des bohèmes ; il faut pour cela un capital initial que je n'avais pas, et je dus renoncer à cette idée. J'en fus réduite au commerce prosaïque. Mais mon propriétaire, soucieux de respectabilité, me donna congé. Je partis sans un regard pour lui et m'installai dans les deux pièces que j'avais habitées avec Maman et mon nouveau père. Mes voisins se moquaient de la respectabilité, et ils n'en étaient que plus ouverts et sympathiques. Après ce déménagement, mon commerce prospéra. Il vint même des hommes cultivés ; maintenant qu'ils savaient que je vendais, ils étaient disposés à acheter. Ainsi, ils n'étaient pas lésés et ne compromettaient pas leur réputation. Les premières fois, j'eus très peur, je n'avais pas encore vingt ans. Mais ma peur disparut au bout de quelques jours. L'exercice aidant, toutes les parties de mon corps purent se développer et, comme je ne faisais pas de quartier, je sus bientôt me servir de tout : mains, bouche..., tout y passait. Et ils aimaient ça. Quand ils s'écroulaient comme un tas de sable, ils avaient le sentiment d'en avoir pour leur argent, ils étaient satisfaits et me faisaient de la publicité. J'acquis une grande expérience en quelques mois. Je pouvais presque infailliblement juger un homme à première vue. Les riches me demandaient tout de suite mes prix, pour bien montrer qu'ils pouvaient m'acheter. Ils étaient jaloux et exclusifs ; quand on est riche, on veut avoir le monopole sur tout, même sur une prostituée. Je les traitais sans grands égards. Leurs colères ne m'impressionnaient pas, je menaçais d'aller les dénoncer à leur femme. Je n'avais pas été en vain à l'école primaire, j'avais de la défense, l'instruction a tout de même son utilité ! D'autres clients arrivaient avec un seul *yuan* à la main, de peur d'être grugés. Je leur exposais en détail mes conditions pour chaque service rendu, et, docilement, ils rentraient chez eux rechercher de l'argent. C'était très amusant.

Les pires étaient les roués, les beaux parleurs qui, non contents de lésiner sur la dépense, cherchaient encore à faire un petit bénéfice en emportant un paquet de cigarettes entamé ou un pot de crème de beauté. Mais il fallait les ménager, car ils avaient des relations et auraient été capables de me mettre la police sur le dos. J'étais donc polie avec eux, et les régalais, tout en me disant que le jour où je connaîtrais à mon tour des officiers de police, leur compte à chacun serait bon ! Dans ce monde peuplé de tigres et de loups, c'est toujours le plus féroce qui gagne ! Les plus pitoyables étaient ceux qui avaient l'air de lycéens et n'avaient qu'un *yuan* et quelques piécettes en poche ; tandis qu'ils faisaient sonner leur monnaie, la sueur leur perlait sur le nez. J'avais pitié d'eux, mais je me vendais à eux aux conditions habituelles. Pouvais-je faire autrement ? Il y avait encore les vieux, tous très convenables. Peut-être avaient-ils déjà une foule de petits-enfants. Je ne savais pas très bien comment les traiter. Mais ils avaient de l'argent et désiraient se payer un peu de plaisir avant leur mort. Je n'avais qu'à leur donner ce qu'ils demandaient. J'acquis au cours de ces expériences une certaine connaissance de l'« homme » et de l'« argent » ; l'argent est encore plus redoutable : l'homme est une bête, mais c'est l'argent qui lui donne du nerf.

XXXIV

Je découvris que j'étais malade. J'en fus affectée au point de perdre le goût de vivre. Je pris du repos et me promenais sans but dans les rues. J'avais envie de revoir Maman, elle saurait me consoler, car je me voyais déjà à deux pas de la mort. Dans l'espoir de la rencontrer, je passai par le *hutong* où je l'avais vue actionner son soufflet. Mais la boutique était fermée et personne ne put me dire où elle était partie. Cela aviva encore mon désir de la retrouver. J'errai des journées entières dans les rues comme une âme en peine, mais en vain. Je me demandai si elle n'était pas morte, ou partie à mille *lis* de là avec le propriétaire de la boutique, et je pleurai. Je mis une belle robe, me maquillai et m'allongeai sur mon lit pour attendre la mort, persuadée que l'attente ne serait pas longue. Mais je ne mourus pas. On frappa à la porte, c'était un client. Bien, je le servis et lui transmis de mon mieux ma maladie, sans en éprouver de remords, ce n'était pas ma faute. Je me sentis de nouveau mieux ; je fumais, je buvais, et paraissais trente ou quarante ans. J'avais des cernes noirs et les mains toujours brûlantes, mais cela m'était égal. Il faut de l'argent pour vivre, et commencer par manger à sa faim pour pouvoir ensuite penser à autre chose. Je mangeais très bien ; qui ne le ferait s'il le peut ! Je me le devais, comme d'être bien habillée : c'était le seul moyen de me soutenir encore un peu le moral.

XXXV

Un matin, vers dix heures, j'étais assise, une robe jetée sur mes épaules, quand j'entendis des pas dans la cour. C'était l'heure à laquelle je me levais, mais je ne m'habillais souvent pas avant midi, j'étais devenue très paresseuse ces temps derniers et pouvais passer une ou deux heures assise ainsi, à fixer le vide, sans penser à rien, seule. Les pas se dirigèrent vers ma porte, lentement, doucement. Bientôt, je vis deux yeux regarder à travers le petit carreau vitré de la porte, puis disparaître. Je restai à ma place, trop indolente pour bouger. Au bout d'un moment, les yeux réapparurent. Je finis par me lever et ouvrir légèrement la porte : « Maman ! »

XXXVI

Je ne saurais dire comment nous sommes rentrées dans la chambre, ni combien de temps nous avons pleuré. Maman avait effroyablement vieilli. Son boutiquier était retourné dans son village, sans la prévenir et sans lui laisser un sou. Elle avait vendu tout ce qui lui restait et avait quitté la boutique pour s'installer dans une cour surpeuplée (*dazayuanr*). Après m'avoir cherchée pendant plus de quinze jours, elle eut finalement l'idée de venir ici, sans grand espoir, simplement pour voir, et j'y étais ! Elle avait hésité à me reconnaître, et si je ne l'avais pas appelée, elle serait peut-être repartie. Après avoir bien pleuré, je me mis à rire comme une folle. Sa fille, enfin retrouvée, était une prostituée. Elle en était devenue une pour me nourrir, je continuais à en être une pour la nourrir à mon tour. J'exerçais une profession héréditaire, une vraie spécialité familiale !

XXXVII

J'espérais que Maman me dirait des paroles de réconfort, même si elles ne signifiaient rien. Personne ne sait mieux tromper qu'une mère, et ce sont ces propos mensongers qui nous consolent. Maman avait oublié même cela. Comme elle était obsédée par la faim, je ne lui en voulus pas. Elle commença aussitôt à faire l'inventaire de mes possessions, à m'interroger sur mes recettes et dépenses, sans avoir l'air d'être surprise par l'origine de mes revenus. Je lui confiai que j'étais malade, dans l'espoir qu'elle m'inciterait à me reposer quelques jours. Non, elle dit simplement qu'elle irait m'acheter des médicaments. « Ferons-nous éternellement ce métier ? » demandai-je. Elle ne répondit pas. Mais à sa manière, elle m'aimait vraiment et voulait me protéger ; elle me préparait à manger, s'informait de mon état, et me regardait souvent à la dérobée comme une mère regarde un petit enfant endormi. Par contre, elle refusait d'admettre que je puisse interrompre mes activités. Tout en lui en voulant un peu, je savais fort bien qu'il n'était pas question pour moi de trouver un autre travail. Avant tout pour elle comme pour moi, il fallait vivre. Qu'elle fût la mère ou moi la fille, l'argent ignore les sentiments.

XXXVIII

Maman était aux petits soins avec moi, mais elle ne pouvait pas ne pas entendre ou voir les hommes qui s'acharnaient sur moi. Je désirais être gentille avec elle, mais je la trouvais souvent insupportable. Elle voulait tout contrôler, surtout l'argent, seul encore capable de faire briller ses yeux ternis par l'âge. Elle se faisait passer pour ma servante auprès de mes clients, et les insultait s'ils payaient trop peu. Cela m'était parfois très pénible. Bien sûr, si je faisais cela, c'était pour de l'argent ; était-ce une raison suffisante pour être grossière avec les gens ? Il m'arrivait aussi de négliger le client, mais j'y mettais les formes, on ne pouvait pas s'en offusquer. Maman était maladroite, elle offensait facilement les gens ; or nous ne pouvions pas nous le permettre, par égard pour leur argent. Je me comportais ainsi parce que j'étais encore jeune, assez ingénue ; Maman, à cause de son âge, ne pensait qu'à l'argent. Je craignais d'être comme elle au bout de quelques années, et de voir mon cœur comme le sien vieillir avec le temps et devenir peu à peu dur comme l'argent lui-même. C'est vrai, Maman n'était pas polie ; elle s'emparait à l'occasion du portefeuille d'un client, ou gardait son chapeau ou tout autre objet monnayable tels que ses gants ou sa canne. J'avais peur que cela ne nous attire des ennuis, mais, comme disait très justement Maman : « Tout est bon à prendre. En un an, nous vieillissons de dix. Qui voudra encore de toi dans quelques années, quand tu auras l'air d'en avoir cinquante de plus ? » Si un client était ivre, elle le faisait sortir et l'entraînait dans un endroit écarté où elle lui prenait jusqu'à ses chaussures. Si surprenant que cela paraisse, ces gens ne revenaient jamais réclamer leur dû, soit qu'ils n'aient pu se souvenir de rien, soit qu'ils soient tombés malades. Ou bien, le souvenir de l'incident leur faisait honte et ils ne voulaient pas faire d'histoires. Nous n'avions pas peur de perdre la face ; eux, si.

XXXIX

Maman avait raison ; en un an, nous vieillissions de dix. Je remarquai combien j'avais changé en deux ou trois ans. J'avais la peau rêche et les lèvres desséchées, mes yeux avaient perdu tout éclat et étaient injectés de sang. J'avais beau me lever très tard, je manquais toujours d'entrain. Je n'étais pas la seule à m'en apercevoir, mes clients n'étaient pas aveugles non plus. Les habitués se faisaient de plus en plus rares. Je me donnais beaucoup de mal avec les nouveaux, mais ils ne m'en dégoûtaient que plus et je n'arrivais pas toujours à me dominer. J'étais irascible et je disais n'importe quoi, je n'étais plus la même. Malgré moi, je me laissais entraîner à dire des bêtises. Les hommes cultivés ne me fréquentaient plus guère ; car j'avais perdu ma grâce et mon charme ; je n'étais plus « le petit oiseau niché au creux de leur main », pour reprendre la seule phrase poétique de leur répertoire. Je dus imiter les putains de bas étage et m'accoutrer de manière humiliante pour attirer les rustres. Ma bouche peinte semblait une grenade rouge sang, je les mordais de toutes mes forces, et cela leur faisait plaisir. Je me voyais parfois déjà morte. Chaque *yuan* que je recevais me faisait mourir à petit feu ; l'argent prolonge la vie, mais quand on le gagne comme moi, c'est le contraire qui se produit. Je me voyais mourir et attendais la mort. Avec cette idée en tête, je ne pensais plus à rien d'autre et vivais au jour le jour. Maman était mon ombre, l'image de ce qu'au mieux je serais un jour. Quand on a sa vie durant fait commerce de son corps, il ne vous reste pour finir que des cheveux blancs et une peau noire toute ridée. C'est ça, la vie.

XL

Je me forçais à rire, je feignais l'hystérie, je pleurais sans en être soulagée. Ma vie n'avait rien d'enviable, et je m'y accrochais. Et puis, je n'étais pas responsable de ce que je faisais. Chez moi, la crainte de la mort ne s'expliquait que par l'amour de la vie. Les souffrances de l'agonie ne me faisaient pas peur, celles que j'endurais étaient pires. J'aimais la vie et l'aurais voulue autre, mais mon rêve d'une vie idéale avait cédé aussitôt la place à une réalité pire qu'un cauchemar, à l'enfer ! Voyant combien j'étais malheureuse, Maman me conseilla de me marier. Je mangerais à ma faim, et ses vieux jours seraient assurés. J'étais son espoir. Mais qui voudrait m'épouser ?

XLI

J'avais connu tant d'hommes que j'avais oublié l'amour. Je n'avais aimé que moi-même, mais ne le pouvais même plus ; pourquoi en aimer un autre ? Si je cherchais à me marier, il fallait que je simule l'amour et prétende vouloir vivre avec cet homme jusqu'à la fin de mes jours. Je le dis, et à plus d'un, avec force serments, mais personne ne voulut de moi. Les hommes sont malins quand il est question d'argent. Ils préfèrent les liaisons passagères aux prostituées, cela leur coûte moins cher ! Si je n'avais pas eu besoin d'argent, ils auraient tous affirmé qu'ils m'aimaient, j'en suis sûre.

XLII

C'est alors que je fus arrêtée par la police. Le nouveau magistrat de la ville était un ardent défenseur de la morale qui voulait éliminer la prostitution clandestine. Les prostituées en maison pouvaient poursuivre leurs activités ; car, quand on paye des impôts, on a le bon droit et la morale pour soi. Ils me mirent dans un établissement de rééducation où on m'apprit à travailler. Je savais déjà laver, faire la cuisine, coudre et tricoter : si ces connaissances m'avaient permis de gagner ma vie, j'aurais depuis longtemps abandonné mon pénible métier. Je le leur dis, mais ils ne me crurent pas et affirmèrent que j'étais une propre à rien et une dévoyée. Non contents de m'apprendre à travailler, ils prétendirent que je devais aimer mon travail. L'amour du travail me permettrait de subvenir à mes besoins et peut-être de me marier. Je ne partageais pas leur optimisme. Leur bilan le plus positif était d'avoir déjà rééduqué et marié une douzaine de femmes. Pour venir ici se chercher une femme, il suffisait de verser deux *yuans* pour les frais de procédure et d'offrir de solides garanties financières. C'était avantageux, du moins pour l'homme. À mon avis, c'était une farce. Je refusai carrément d'être rééduquée. Je crachai au visage d'un haut fonctionnaire venu nous inspecter. Ils refusèrent de me relâcher, car j'étais dangereuse, mais renoncèrent à me rééduquer. Je fus envoyée en prison.

XLIII

La prison est l'endroit idéal pour vous convaincre que l'humanité ne s'améliorera jamais. Même en rêve, je n'ai jamais vu quelque chose d'aussi sordide. Mais j'y suis et ne songe pas à en sortir. Si j'en crois mon expérience, le monde extérieur ne vaut guère mieux. Je n'aurais pas envie de mourir si je connaissais un lieu plus accueillant où aller. Puisqu'il n'en existe pas, peu importe où je mourrai. Ici au moins, j'ai revu pour la première fois depuis longtemps mon vieil ami, le croissant de lune. Que fait Maman ? Je reste avec mes souvenirs.

PETIT GLOSSAIRE

Ce glossaire, très sommaire, est limité au vocabulaire figurant en transcription pinyin *et en italiques dans le texte. Pour plus de précisions concernant le dialecte pékinois proprement dit et les expressions ou tournures de phrases relevant des idiotismes locaux (tuhua), on peut consulter deux excellents dictionnaires japonais :*

Kuraishi Takeshirô, Chûgokugo jiten, *Iwanami Shôten, Tôkyô, 1963.*

Aichi Daigaku (éd.), Chûni dai jiten, *Tôkyô, 1973.*

L'un comme l'autre ont intégré dans leurs corpus respectifs de très nombreux emprunts aux nouvelles, récits et romans de Lao She, y compris plusieurs expressions appartenant aux différents jargons professionnels.

En dehors de ces deux dictionnaires, on a eu recours à divers lexiques dialectaux. Deux d'entre eux méritent ici d'être mentionnés. Le premier, dont la préface, fort intéressante pour l'histoire du pékinois, a été écrite par Lao She lui-même, a été compilé par Jin Shoushen sous le titre : Beijinghua yuhui *(Pékin, Shangwu yin huguan, 1965). Le second est celui de Fu Zhaoyang,* Fangyan ci li shi *(Pékin, Tongsu dushuwu chubanshe, 1957).*

D

dayuan 大院 ou *dazayuan* 大雜院 : terme pékinois désignant un type d'habitation regroupant plusieurs familles pauvres dans une seule et même cour, au milieu d'une grande promiscuité, mais établissant aussi des relations étroites entre les voisins. Cette « communauté organique » (*Gemeinschaft*), par opposition à la « collectivité mécanique » (*Gesellschaft*), est à l'origine des mœurs, au sens de Norbert Elias (« une culture de la promiscuité », *La civilisation des mœurs,* t. I, Paris, 1973, p. 135 *sq.*), de la sociabilité et de l'urbanité pékinoises.

H

hutong 胡同 : ruelle de terre battue, parfois très étroite et tortueuse, dont le nom est une des caractéristiques de l'urbanisme pékinois.

K

kang 炕 : lit de briques recouvert d'une natte et chauffé avec les braises du foyer domestique. Plusieurs personnes pouvaient y prendre place. Ce type de lit est encore caractéristique de la Chine du Nord.

M

mantou 饅頭 : petit pain cuit à la vapeur.

menduor 門垛兒 : borne du seuil.

menkanr 門坎兒 : sorte de seuil formé par la partie basse du chambranle de la porte des maisons pékinoises.

P

pugai 鋪蓋 : nécessaire pour la nuit, *i.e.* couverture (*gai* 蓋) et matelas (*pu* 鋪) roulés l'un sur l'autre et formant une sorte de bagage rudimentaire ou de balluchon.

Y

yuan 圓 : monnaie chinoise d'argent, qui n'a plus cours aujourd'hui, mais qui, comme le *yuan* actuel, était divisée en dix *maos* et cent *fens.* À l'époque où se situent la plupart des nouvelles, c'est-à-dire à la fin de l'Empire et sous la République, les pièces correspondant aux *fens* ou « centimes » étaient des « sous de bronze » (*tongzir* 銅子兒), distincts des anciennes « sapèques » (*zhiqian* 制錢), qui, elles, étaient percées d'un trou carré.

DÉCOUVREZ LES FOLIO 2 €

Parutions de septembre 2008

Patrick AMINE — *Petit éloge de la colère*

De la colère de Dieu à la colère d'Achille, de la chaussure de Khrouchtchev à l'O.N.U au « coup de boule » de Zidane, Patrick Amine, au gré de ses lectures et de ses rencontres, nous entraîne dans une explosion de fureur.

Élisabeth BARILLÉ — *Petit éloge du sensible*

Avec Élisabeth Barillé, découvrez qu'en se détachant des choses on se rend plus sensible aux plaisirs qu'elles procurent, apprenez que la liberté, c'est de savoir reconnaître et goûter l'essentiel…

COLLECTIF — *Sur le zinc*

De Rimbaud à Queneau, en passant par Zola et Blondin, accoudez-vous au comptoir avec les plus grands écrivains.

Didier DAENINCKX — *Petit éloge des faits divers*

Récits d'événements considérés comme peu importants, les faits divers occupent pourtant une large place dans nos journaux et notre vie. Dans ces petites histoires de tous les jours, Didier Daeninckx puise l'inspiration pour des nouvelles percutantes et très révélatrices de notre société.

Francis Scott FITZGERALD — *L'étrange histoire de Benjamin Button* suivi de *La lie du bonheur*

Sous la fantaisie et la légèreté perce une ironie désenchantée qui place Fitzgerald au rang des plus grands écrivains américains.

Nathalie KUPERMAN — *Petit éloge de la haine*

À faire froid dans le dos, les nouvelles de Nathalie Kuperman ont toutes le même thème : la haine. Haine de soi comme haine des autres, la haine ordinaire, banale et quotidienne qui peut faire basculer une vie.

LAO SHE — *Le nouvel inspecteur* suivi de *Le croissant de lune*

Avec un humour et une tendresse non dépourvus de cruauté, Lao She fait revivre une Chine aujourd'hui disparue.

Guy de MAUPASSANT — *Apparition et autres contes de l'étrange*

Des cimetières aux châteaux hantés, Maupassant nous attire aux confins de la folie et de la peur.

Marcel PROUST — *La fin de la jalousie* et autres nouvelles

Mondains, voluptueux et cruels, les personnages de ces nouvelles de Proust virevoltent avec un raffinement qui annonce les héros d'*À la recherche du temps perdu.*

D.A.F. de SADE — *Eugénie de Franval*

Avec *Eugénie de Franval*, le « divin marquis » nous offre l'histoire tragique d'un amour scandaleux.

Dans la même collection

R. AKUTAGAWA	*Rashômon* et autres contes (Folio n° 3931)
AMARU	*La Centurie. Poèmes amoureux de l'Inde ancienne* (Folio n° 4549)
M. AMIS	*L'état de l'Angleterre* précédé de *Nouvelle carrière* (Folio n° 3865)
H. C. ANDERSEN	*L'elfe de la rose* et autres contes du jardin (Folio n° 4192)
ANONYME	*Conte de Ma'rûf le savetier* (Folio n° 4317)
ANONYME	*Le poisson de jade et l'épingle au phénix* (Folio n° 3961)
ANONYME	*Saga de Gísli Súrsson* (Folio n° 4098)
G. APOLLINAIRE	*Les Exploits d'un jeune don Juan* (Folio n° 3757)
ARAGON	*Le collaborateur* et autres nouvelles (Folio n° 3618)
I. ASIMOV	*Mortelle est la nuit* précédé de *Chante-cloche* (Folio n° 4039)
S. AUDEGUY	*Petit éloge de la douceur* (Folio n° 4618)
AUGUSTIN (SAINT)	*La Création du monde et le Temps* suivi de *Le Ciel et la Terre* (Folio n° 4322)

J. AUSTEN	*Lady Susan* (Folio n° 4396)
H. DE BALZAC	*L'Auberge rouge* (Folio n° 4106)
H. DE BALZAC	*Les dangers de l'inconduite* (Folio n° 4441)
T. BENACQUISTA	*La boîte noire* et autres nouvelles (Folio n° 3619)
K. BLIXEN	*L'éternelle histoire* (Folio n° 3692)
BOILEAU-NARCEJAC	*Au bois dormant* (Folio n° 4387)
M. BOULGAKOV	*Endiablade* (Folio n° 3962)
R. BRADBURY	*Meurtres en douceur* et autres nouvelles (Folio n° 4143)
L. BROWN	*92 jours* (Folio n° 3866)
S. BRUSSOLO	*Trajets et itinéraires de l'oubli* (Folio n° 3786)
J. M. CAIN	*Faux en écritures* (Folio n° 3787)
MADAME CAMPAN	*Mémoires sur la vie privée de Marie-Antoinette* (Folio n° 4519)
A. CAMUS	*Jonas ou l'artiste au travail* suivi de *La pierre qui pousse* (Folio n° 3788)
A. CAMUS	*L'été* (Folio n° 4388)
T. CAPOTE	*Cercueils sur mesure* (Folio n° 3621)
T. CAPOTE	*Monsieur Maléfique* et autres nouvelles (Folio n° 4099)
A. CARPENTIER	*Les Élus* et autres nouvelles (Folio n° 3963)
C. CASTANEDA	*Stopper-le-monde* (Folio n° 4144)
M. DE CERVANTÈS	*La petite gitane* (Folio n° 4273)
R. CHANDLER	*Un mordu* (Folio n° 3926)
G. K. CHESTERTON	*Trois enquêtes du Père Brown* (Folio n° 4275)
E. M. CIORAN	*Ébauches de vertige* (Folio n° 4100)
COLLECTIF	*Au bonheur de lire* (Folio n° 4040)

COLLECTIF	*« Dansons autour du chaudron »* (Folio n° 4274)
COLLECTIF	*Des mots à la bouche* (Folio n° 3927)
COLLECTIF	*« Il pleut des étoiles »* (Folio n° 3864)
COLLECTIF	*« Leurs yeux se rencontrèrent... »* (Folio n° 3785)
COLLECTIF	*« Ma chère Maman... »* (Folio n° 3701)
COLLECTIF	*« Mon cher Papa... »* (Folio n° 4550)
COLLECTIF	*« Mourir pour toi »* (Folio n° 4191)
COLLECTIF	*« Parce que c'était lui ; parce que c'était moi »* (Folio n° 4097)
COLLECTIF	*Un ange passe* (Folio n° 3964)
COLLECTIF	*1, 2, 3... bonheur !* (Folio n° 4442)
CONFUCIUS	*Les Entretiens* (Folio n° 4145)
J. CONRAD	*Jeunesse* (Folio n° 3743)
J. CONRAD	*Le retour* (Folio n° 4737)
B. CONSTANT	*Le Cahier rouge* (Folio n° 4639)
J. CORTÁZAR	*L'homme à l'affût* (Folio n° 3693)
J. CRUMLEY	*Tout le monde peut écrire une chanson triste* et autres nouvelles (Folio n° 4443)
D. DAENINCKX	*Ceinture rouge* précédé de *Corvée de bois* (Folio n° 4146)
D. DAENINCKX	*Leurre de vérité* et autres nouvelles (Folio n° 3632)
R. DAHL	*Gelée royale* précédé de *William et Mary* (Folio n° 4041)
R. DAHL	*L'invité* (Folio n° 3694)
R. DAHL	*Le chien de Claude* (Folio n° 4738)

S. DALI — *Les moustaches radar (1955-1960)* (Folio n° 4101)

M. DÉON — *Une affiche bleue et blanche* et autres nouvelles (Folio n° 3754)

R. DEPESTRE — *L'œillet ensorcelé* et autres nouvelles (Folio n° 4318)

R. DETAMBEL — *Petit éloge de la peau* (Folio n° 4482)

P. K. DICK — *Ce que disent les morts* (Folio n° 4389)

D. DIDEROT — *Lettre sur les aveugles à l'usage de ceux qui voient* (Folio n° 4042)

F. DOSTOÏEVSKI — *La femme d'un autre et le mari sous le lit* (Folio n° 4739)

R. DUBILLARD — *Confession d'un fumeur de tabac français* (Folio n° 3965)

A. DUMAS — *La Dame pâle* (Folio n° 4390)

M. EMBARECK — *Le temps des citrons* (Folio n° 4596)

S. ENDO — *Le dernier souper* et autres nouvelles (Folio n° 3867)

ÉPICTÈTE — *De la liberté* précédé de *De la profession de Cynique* (Folio n° 4193)

W. FAULKNER — *Le Caïd* et autres nouvelles (Folio n° 4147)

W. FAULKNER — *Une rose pour Emily* et autres nouvelles (Folio n° 3758)

C. FÉREY — *Petit éloge de l'excès* (Folio n° 4483)

F. S. FITZGERALD — *La Sorcière rousse* précédé de *La coupe de cristal taillé* (Folio n° 3622)

F. S. FITZGERALD — *Une vie parfaite* suivi de *L'accordeur* (Folio n° 4276)

É. FOTTORINO — *Petit éloge de la bicyclette* (Folio n° 4619)

C. FUENTES — *Apollon et les putains* (Folio n° 3928)

C. FUENTES — *La Desdichada* (Folio n° 4640)

GANDHI	*La voie de la non-violence* (Folio n° 4148)
R. GARY	*Une page d'histoire* et autres nouvelles (Folio n° 3753)
MADAME DE GENLIS	*La Femme auteur* (Folio n° 4520)
J. GIONO	*Arcadie… Arcadie...* précédé de *La pierre* (Folio n° 3623)
J. GIONO	*Prélude de Pan* et autres nouvelles (Folio n° 4277)
V. GOBY	*Petit éloge des grandes villes* (Folio n° 4620)
N. GOGOL	*Une terrible vengeance* (Folio n° 4395)
W. GOLDING	*L'envoyé extraordinaire* (Folio n° 4445)
W. GOMBROWICZ	*Le festin chez la comtesse Fritouille* et autres nouvelles (Folio n° 3789)
H. GUIBERT	*La chair fraîche et autres textes* (Folio n° 3755)
E. HEMINGWAY	*L'étrange contrée* (Folio n° 3790)
E. HEMINGWAY	*Histoire naturelle des morts* et autres nouvelles (Folio n° 4194)
E. HEMINGWAY	*La capitale du monde* suivi de *L'heure triomphale de Francis Macomber* (Folio n° 4740)
C. HIMES	*Le fantôme de Rufus Jones* et autres nouvelles (Folio n° 4102)
E. T. A. HOFFMANN	*Le Vase d'or* (Folio n° 3791)
J. K. HUYSMANS	*Sac au dos* suivi de *À vau l'eau* (Folio n° 4551)
P. ISTRATI	*Mes départs* (Folio n° 4195)
H. JAMES	*Daisy Miller* (Folio n° 3624)
H. JAMES	*Le menteur* (Folio n° 4319)
JI YUN	*Des nouvelles de l'au-delà* (Folio n° 4326)

T. JONQUET	*La folle aventure des Bleus…* suivi de *DRH* (Folio n° 3966)
F. KAFKA	*Lettre au père* (Folio n° 3625)
J. KEROUAC	*Le vagabond américain en voie de disparition* précédé de *Grand voyage en Europe* (Folio n° 3694)
J. KESSEL	*Makhno et sa juive* (Folio n° 3626)
R. KIPLING	*La marque de la Bête* et autres nouvelles (Folio n° 3753)
J.-M. LACLAVETINE	*Petit éloge du temps présent* (Folio n° 4484)
LAO SHE	*Histoire de ma vie* (Folio n° 3627)
LAO-TSEU	*Tao-tö king* (Folio n° 3696)
V. LARBAUD	*Mon plus secret conseil…* (Folio n° 4553)
J. M. G. LE CLÉZIO	*Peuple du ciel* suivi de *Les bergers* (Folio n° 3792)
J. LONDON	*La piste des soleils* et autres nouvelles (Folio n° 4320)
P. LOTI	*Les trois dames de la Kasbah* suivi de *Suleïma* (Folio n° 4446)
H. P. LOVECRAFT	*La peur qui rôde* et autres nouvelles (Folio n° 4194)
H. P. LOVECRAFT	*Celui qui chuchotait dans les ténèbres* (Folio n° 4741)
P. MAGNAN	*L'arbre* (Folio n° 3697)
K. MANSFIELD	*Mariage à la mode* précédé de *La Baie* (Folio n° 4278)
MARC AURÈLE	*Pensées (Livres I-VI)* (Folio n° 4447)
MARC AURÈLE	*Pensées (Livres VII-XII)* (Folio n° 4552)
G. DE MAUPASSANT	*Le Verrou* et autres contes grivois (Folio n° 4149)
I. McEWAN	*Psychopolis* et autres nouvelles (Folio n° 3628)

H. MELVILLE — *Les Encantadas, ou Îles Enchantées* (Folio n° 4391)

P. MICHON — *Vie du père Foucault – Vie de Georges Bandy* (Folio n° 4279)

H. MILLER — *Lire aux cabinets* précédé de *Ils étaient vivants et ils m'ont parlé* (Folio n° 4554)

H. MILLER — *Plongée dans la vie nocturne…* précédé de *La boutique du Tailleur* (Folio n° 3929)

R. MILLET — *Petit éloge d'un solitaire* (Folio n° 4485)

S. MINOT — *Une vie passionnante* et autres nouvelles (Folio n° 3967)

Y. MISHIMA — *Dojoji* et autres nouvelles (Folio n° 3629)

Y. MISHIMA — *Martyre* précédé de *Ken* (Folio n° 4043)

M. DE MONTAIGNE — *De la vanité* (Folio n° 3793)

E. MORANTE — *Donna Amalia* et autres nouvelles (Folio n° 4044)

A. DE MUSSET — *Emmeline* suivi de *Croisilles* (Folio n° 4555)

V. NABOKOV — *Un coup d'aile* suivi de *La Vénitienne* (Folio n° 3930)

I. NÉMIROVSKY — *Ida* suivi de *La comédie bourgeoise* (Folio n° 4556)

P. NERUDA — *La solitude lumineuse* (Folio n° 4103)

G. de NERVAL — *Pandora* et autres nouvelles (Folio n° 4742)

F. NIWA — *L'âge des méchancetés* (Folio n° 4444)

G. OBIEGLY — *Petit éloge de la jalousie* (Folio n° 4621)

F. O'CONNOR — *Un heureux événement* suivi de *La Personne Déplacée* (Folio n° 4280)

K. OÉ — *Gibier d'élevage* (Folio n° 3752)

J. C. ONETTI	*À une tombe anonyme* (Folio n° 4743)
L. OULITSKAÏA	*La maison de Lialia* et autres nouvelles (Folio n° 4045)
C. PAVESE	*Terre d'exil* et autres nouvelles (Folio n° 3868)
C. PELLETIER	*Intimités* et autres nouvelles (Folio n° 4281)
P. PELOT	*Petit éloge de l'enfance* (Folio n° 4392)
PIDANSAT DE MAIROBERT	*Confession d'une jeune fille* (Folio n° 4392)
L. PIRANDELLO	*Première nuit* et autres nouvelles (Folio n° 3794)
E. A. POE	*Aventure sans pareille d'un certain Hans Pfaall* (Folio n° 3862)
E. A. POE	*Petite discussion avec une momie* et autres histoires extraordinaires (Folio n° 4558)
J.-B. POUY	*La mauvaise graine* et autres nouvelles (Folio n° 4321)
M. PROUST	*L'affaire Lemoine* (Folio n° 4325)
QIAN ZHONGSHU	*Pensée fidèle* suivi de *Inspiration* (Folio n° 4324)
R. RENDELL	*L'Arbousier* (Folio n° 3620)
J. RHYS	*À septembre, Petronella* suivi de *Qu'ils appellent ça du jazz* (Folio n° 4448)
R. M. RILKE	*Au fil de la vie* (Folio n° 4557)
P. ROTH	*L'habit ne fait pas le moine* précédé de *Défenseur de la foi* (Folio n° 3630)
D. A. F. DE SADE	*Ernestine. Nouvelle suédoise* (Folio n° 3698)
D. A. F. DE SADE	*La Philosophie dans le boudoir* (Les quatre premiers dialogues) (Folio n° 4150)
A. DE SAINT-EXUPÉRY	*Lettre à un otage* (Folio n° 4104)

G. SAND	*Pauline* (Folio n° 4522)
B. SANSAL	*Petit éloge de la mémoire* (Folio n° 4486)
J.-P. SARTRE	*L'enfance d'un chef* (Folio n° 3932)
B. SCHLINK	*La circoncision* (Folio n° 3869)
B. SCHULZ	*Le printemps* (Folio n° 4323)
L. SCIASCIA	*Mort de l'Inquisiteur* (Folio n° 3631)
SÉNÈQUE	*De la constance du sage* suivi de *De la tranquillité de l'âme* (Folio n° 3933)
D. SHAHAR	*La moustache du pape* et autres nouvelles (Folio n° 4597)
G. SIMENON	*L'énigme de la* Marie-Galante (Folio n° 3863)
D. SIMMONS	*Les Fosses d'Iverson* (Folio n° 3968)
J. B. SINGER	*La destruction de Kreshev* (Folio n° 3871)
P. SOLLERS	*Liberté du XVIIIème* (Folio n° 3756)
G. STEIN	*La brave Anna* (Folio n° 4449)
STENDHAL	*Féder ou Le Mari d'argent* (Folio n° 4197)
R. L. STEVENSON	*La Chaussée des Merry Men* (Folio n° 4744)
R. L. STEVENSON	*Le Club du suicide* (Folio n° 3934)
I. SVEVO	*L'assassinat de la Via Belpoggio* et autres nouvelles (Folio n° 4151)
R. TAGORE	*La petite mariée* suivi de *Nuage et soleil* (Folio n° 4046)
J. TANIZAKI	*Le coupeur de roseaux* (Folio n° 3969)
J. TANIZAKI	*Le meurtre d'O-Tsuya* (Folio n° 4195)
A. TCHEKHOV	*Une banale histoire* (Folio n° 4105)

H. D. THOREAU	*« Je vivais seul, dans les bois »* (Folio n° 4745)
L. TOLSTOÏ	*Le réveillon du jeune tsar* et autres contes (Folio n° 4199)
I. TOURGUÉNIEV	*Clara Militch* (Folio n° 4047)
M. TOURNIER	*Lieux dits* (Folio n° 3699)
M. TOURNIER	*L'aire du Muguet* précédé de *La jeune fille et la mort* (Folio n° 4746)
E. TRIOLET	*Les Amants d'Avignon* (Folio n° 4521)
M. TWAIN	*Un majestieux fossile littéraire* et autres nouvelles (Folio n° 4598)
M. VARGAS LLOSA	*Les chiots* (Folio n° 3760)
P. VERLAINE	*Chansons pour elle* et autres poèmes érotiques (Folio n° 3700)
L. DE VINCI	*Prophéties* précédé de *Philosophie et Aphorismes* (Folio n° 4282)
R. VIVIEN	*La Dame à la louve* (Folio n° 4518)
VOLTAIRE	*Traité sur la Tolérance* (Folio n° 3870)
VOLTAIRE	*Le Monde comme il va* et autres contes (Folio n° 4450)
WANG CHONG	*De la mort* (Folio n° 4393)
H. G. WELLS	*Un rêve d'Armageddon* précédé de *La porte dans le mur* (Folio n° 4048)
E. WHARTON	*Les lettres* (Folio n° 3935)
O. WILDE	*La Ballade de la geôle de Reading* précédé de *Poèmes* (Folio n° 4200)
R. WRIGHT	*L'homme qui a vu l'inondation* suivi de *Là-bas, près de la rivière* (Folio n° 4641)
R. WRIGHT	*L'homme qui vivait sous terre* (Folio n° 3970)
M. YOURCENAR	*Le Coup de Grâce* (Folio n° 4394)

Composition Bussière
Impression Novoprint
à Barcelone, le 17 août 2008
Dépôt légal : août 2008
ISBN 978-2-07-035840-3./Imprimé en Espagne.

159900